辺境都市の育成者
The mentor in a frontier city

始まりの雷姫
The beginning thunder lady

「僕の名前はハル。
育成者をしてるんだ。
役に立つ助言はいるかな？」

辺境都市の育成者
ハル

いつも笑顔な、辺境都市の廃教会に住む青年。ケーキなどのお菓子作りも得意で、よくお茶をしている。だが、その実態は大陸に名が響く教え子たちを育てた、『育成者』で――!?

「い、育成、よ、よろしくお願いいたします。
で、でも効果がなかったらすぐ止めるからっ！」
伸び悩む冒険者
レベッカ
王国貴族の子女だったものの、政略結婚に反発し、家を飛び出して冒険者となった少女。最初こそ順調だったものの、現在は伸び悩んでいる。そんな折、辺境都市の廃教会でハルと出会い――!?

謎多きギルド職員
エルミア
辺境都市のギルド職員。仕事はさぼりがちだが、謎の権力を持つ。やたらと強く、一介のギルド職員にしては謎が多い。『育成者』とも繋がりがあるらしい。
「……此処にもいない」

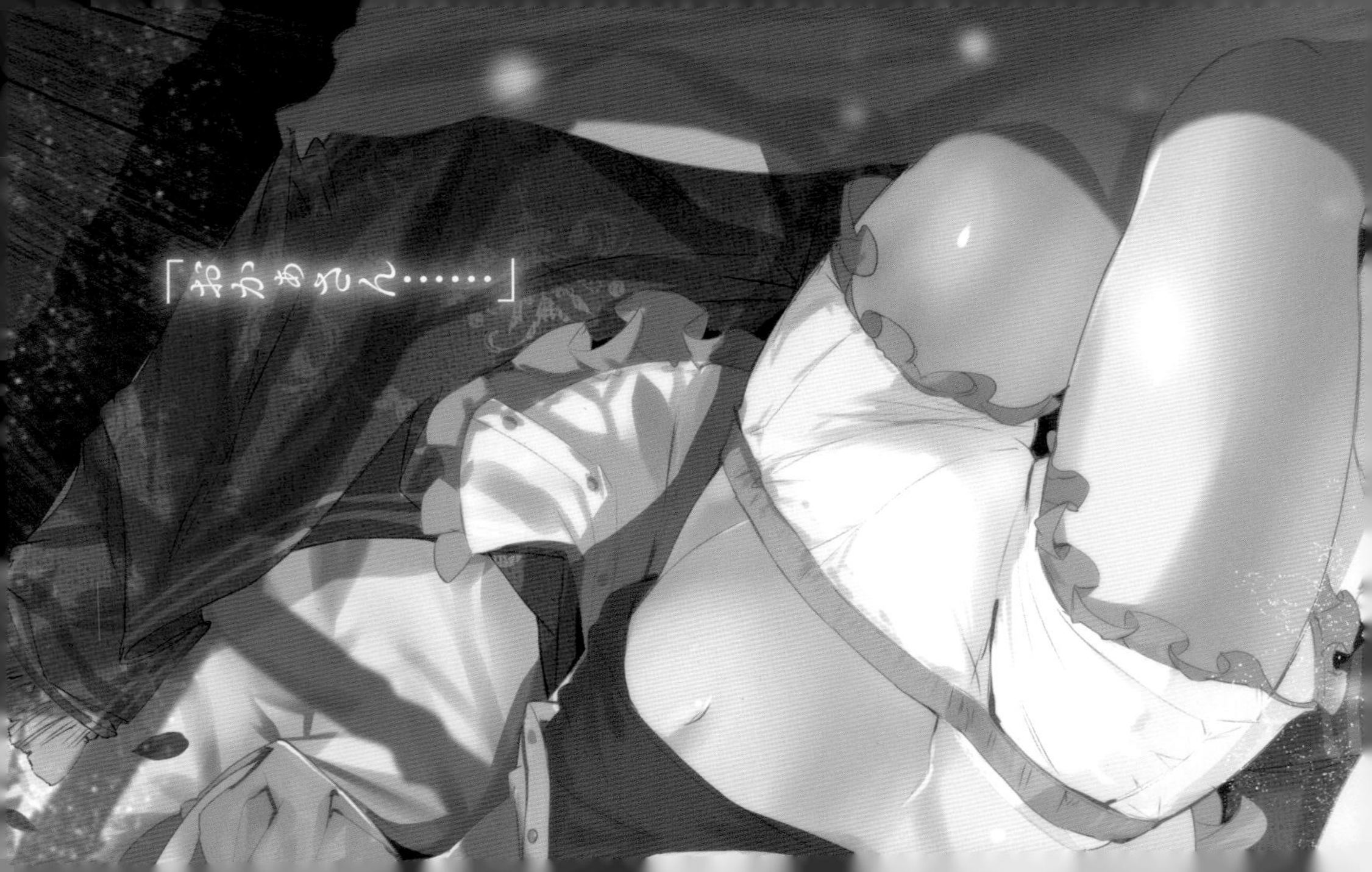
「おかあさん……」

廃教会、寝室にて——

「これでっ！！！」

「私は苦労する星の下に生まれたんですね」
「不倒」
迷都最強クランの副長
タチアナ
迷宮都市最強クラン『薔薇の庭園』の副長。貧乏くじを引かされることが多い。実力は本物で、辺境都市にまでその名声は届いている。

VS悪食
「――御見事」

辺境都市の育成者
始まりの雷姫

七野りく

ファンタジア文庫
2994

口絵・本文イラスト　福きつね

CONTENTS

辺境都市の育成者

始まりの雷姫

The mentor in a frontier city The beginning thunder lady

プロローグ　大陸統一暦一二〇五年春　帝都ギルハ

『いいかい、レベッカ？　この世界は君が思っているよりも、ずっとずっと広いんだ。帝都に行けば君もそのことを少しは感じられると思う。だから、今は素直に行っておいで。あそこにはとても強い冒険者も多いから』

そう私の師で【育成者】と嘯く青年に言われ、私がロートリンゲン帝国帝都ギルハに来てからもう二年以上になるだろうか。

確かにあいつの言う通り、当時の私が知っていた世界は本当にちっぽけ。それはこっちに来て、散々思い知らされた。

とても人とは思えない恐ろしい剣士や魔法士にも遭遇して、何度も死にかけもしたし。

何より、端的に世界の広さを感じさせるのは――

「今日も人が多過ぎ、ね」

帝都旧市街を貫く大通りの人混みを縫いつつ、私は小さく呟いた。

左手に持っている荷物が少々邪魔だ。師御手製の何でも入る道具袋に収納してくるべきだったかもしれない。

ここは正しく人種の坩堝。

茶髪でやや大柄な帝国人。

私のように白金か金に近い髪色で肌が白い王国人。

日に焼けた縮れた赤髪が特徴的な同盟人。

他にもエルフやドワーフ、様々な種族の獣人達。

私の知らない異国人もたくさんいる。

二年前まで私がいた辺境都市じゃ考えられない。

これらの人々は大陸最強国家の中枢であるこの大都市に毎日、国内外から様々な物品を運んで来るのだ。

北方から、南方から、東方から、西方から——貴重品や珍品には飛空艇や飛竜が使われる事もしばしば。

まるで、この国だけ時代の一歩先を進んでいるかのようだ。

結果、帝国は——帝都を探してなければ大陸内にその品はない、と断言される程の繁栄を誇り、宿敵である王国や同盟が歯噛みするのを後目に、その人口は年々増加。都市自体も拡大し続けている。

同時に、犯罪や荒事も増えているのは事実であり――

「だからこそ、私達みたいな冒険者が集まって来もするのよね」

独り言を零しつつ、私は目的地を目指す。

途中、店の硝子に自分の姿が映り、足を止める。

白金の長髪。二年前に比べると随分と伸びたと思うし、傷んでもいない。

同年代の少女達と比べると、やや背が高く、自分で言うのもなんだけど華奢だ。

知り合いにはよく『レベッカは身に着けている純白の軽鎧と腰の魔剣がなければ冒険者に見えませんね。私服姿はどうみても深窓の御嬢様です』と、半ばからかわれる。

綺麗かなんて自分では分からないし、興味もない。だけどこの外見で嫌な目にもあってきている。

二度と顔も見たくない父親なんて、自分の栄達の為に十三歳の私を二回り以上上の男に嫁がせようとさえした。

でも、あいつが綺麗だって思ってくれるなら、この見た目も悪くは――……はっ！

頭をぶんぶん、と振り。邪念を飛ばす。わ、私は何を、何をっ。

店内にいた女性店員が奇異な目を向けてきたので、そそくさとその場を離れる。

歩みを再開しながらこの二年間を思い返す。

——本当に色々なことがあった。

自分よりも格上の冒険者に現実を見せつけられ、強大な魔獣と戦い、この国へ復讐しようとした呪術師の企てを阻止し……。

思い返しながら目を瞑る。

我ながらよく生きてるわね、ほんと。

何度も挫けそうにもなったし、あいつに宛てた手紙に泣き言を書いたことだってある。

そういえば、そういう時だけすぐに優しい言葉で返事が来たっけ。……ズルい。

そして、辺境都市にいた頃に比べると随分と伸びた髪を弄りながら、私はある結論に辿り着く。

「結局、あいつが……ハルが見せてくれたもの以上に驚くことはなかったなぁ」

今の私はあの頃よりもかなり修練を積んだし、修羅場や死線だっていくつか潜り抜けた。

大きく成長できた自負もある。

だけど——あいつや姉弟子、兄弟子達に追いついたとは到底思えない。

この世界にはまだまだとんでもない強者や怪物が数多いるのだ。

私は、左手に持っていた私の腕と同じくらいの長さの布袋を握りしめて、呟く。

「でも……これを見れば、あいつだって私をきっと一人前だって認めるはず！」

——ようやく目的地が見えてきた。

旧市街奥にそびえ立つ、帝都でも皇宮以外だと最大規模の建造物であるその白亜（はくあ）の建物は、聞いた話によると約三百年前に建造されたらしい。

——冒険者ギルド本部。

冒険者とは魔獣を狩（か）ったり、迷宮（めいきゅう）に潜って宝物を探したり、傭兵（ようへい）をしたり……まぁ、所謂（いわゆる）、何でも屋だ。

それを統括（とうかつ）しているのが『冒険者ギルド』——人類史上最大の組織。

大陸全土はもちろん、沿岸部以外は未開の地である南方大陸にすら支部を持ち、下手な国家よりも権力を持つ。

そんな組織の本部に配属されている職員はもちろん百戦錬磨（ひゃくせんれんま）。

各地のギルドで修羅場を潜り抜けてきた精鋭（せいえい）が集められているし、元上位冒険者だった者や、それに匹敵（ひってき）する実力者も多い。

私の今の担当者の子もそうだ。何より——古い付き合いの友人なので、信頼（しんらい）出来る。

きっとこの袋の中身くらい淡々と処理してくれるだろう。

本部の入口へ向かいつつ、私は浮き立つ思いを抑えきれなかった。

偶発的な遭遇戦ではあったけど、上手くいけばこれで――

「辺境都市に、ユキハナに戻れる」

二年前、帝都に来る際した、師との約束を思い出す。

冒険者の実質的な最上位『第一階位になったら戻っておいで』といった彼に私は、こう宣言した。

『私は特階位に――一人で龍や悪魔を狩れるようになるまで戻るつもりはないわっ！　そうすれば、胸を張って、私はハルの弟子！　って名乗れるもの!!』

それを聞いた時に、彼が浮かべた嬉しそうな笑みが脳裏に浮かび、口元がほころぶ。

――ギルド会館内は混みあっていた。

けれど、私は仮にも冒険者の最高峰である第一階位。待ち合いの札を引く必要はないので、そのまま窓口へ。

そして手に持っていた布袋を意気揚々と台上へと置いた。

「ジゼル、これお願い」

「あ、レベッカさん。もうっ！　何処へ行かれていたんですかっ？　心配して……え？」

私の担当である長く淡い茶髪で胸の大きい人族の女性――辺境都市在住時以来の付き合いであるジゼルは布袋から中身を出すなり、私の予想に反して顔を引き攣らせた。

「ひゃ!! ……レ……レベッカさん⁉」

ジゼルは叫び声を呑み込むように自分の口を押さえた。

暫くして、彼女は錆びついた機械のように顔を上げると私に問いかけてきた。

「レベッカさん……何ですか？　こ、これ、は？」

「何って……見ての通り、牙よ」

「……………あえて、あえてお尋ねしますね。何の牙、ですか？」

この子だって《鑑定》スキル持ちなんだし、分かっている筈だ。

私は窓口の台に肘を突きつつ答える。

「《雷龍の牙》だけど？」

それまで賑わっていた周囲が一瞬、静かになった。

どうやら、私達のやり取りは注目されているらしい。

けど、私にとってそんなのはどうでもいい。

私は一刻も早く、これを辺境都市へ届けてほしいだけなのだ。

ジゼルが身を乗り出してきて、言葉を振り絞った。

「……レベッカさん」

「何？」

「何回、言えばっ、分かってくれるんですかっっ！　幾ら最高峰の第一階位である冒険者さんであっても、死ぬ時は死ぬんですよっ⁉　まして龍に挑むなんて……無茶です、無謀です、自殺願望でもあるんですかっ⁉　…………まさか、ソロじゃないですよね？」

「？　ソロだけど？？」

少女は頭を抱えて机に突っ伏す。


——この世界において、龍とは悪魔と並ぶ最強種の一つだ。

並の冒険者ではまず歯が立たず、毎年多くの猛者達が挑むも、その殆どが命を落とす。

しかし、それらを倒して得られる素材はその希少さ故に、天文学的な値段で売買される。

富と名声を一気に手にできるため、冒険者なら誰しもが龍討伐に憧れるのだ。

かつての私もそうだった。

しかも……冒険者ギルドが認定し、注意喚起をする上位の龍や悪魔は天災扱い。

決して個人で挑むような生き物ではなく、国家単位で対処するような相手だ。仮に倒すことができたとすれば、大陸全土にその名が轟くだろう。

事実、つい先日、帝国東部地域の王国国境の村々を襲い、出現が確認された推定特級悪魔は、帝国・王国・同盟から即座に天災に認定された。

ここ百年以上、大規模戦争こそしていないものの、歴史的背景からいがみ合い続けている三列強があっさりと共同歩調を取る程に、上位の龍や悪魔は恐ろしい。

冒険者ギルドから『個人での戦闘を原則禁止す』というお触れが出されるのも、無理はないのだ。

……私だって単独でやり合いたくなかったけど、遭遇したのだから仕方ないじゃない。

肩を竦め、未だに頭を抱えている少女へ問う。

「ギルドで素材の買取りは出来ないの？」

ジゼルの顔が勢いよく上がった。

「そ、そういう話をしているんじゃありませんっ。勿論、買い取らせていただきます。で、ですが、私の言ってるのはそういう意味じゃなくてですね……。今回は、偶々、牙を折ることができて、こうして生きて還って来られたかもしれませんが、幾らレベッカさんでも、次は――」

言葉を遮り、さっさと告げる。

「一頭分あるから全部お願い」

「………今、何て？」

「雷龍を討伐したのよ。首だけでも確認しておく？」

　聞き耳を立てていたのだろう他のギルド職員、冒険者達が息を呑むのが分かった。

「なぁ、今……雷龍を討伐した？　って言ったのか？」「私もそう聞こえた」「しかも、単独で？」「剣士が後衛の援護もなく!?」「ど、どうすりゃそんなこと……」「いやでも、レベッカだぞ？」「と、いうことは」

　しん、と静まりかえったギルド内で各人が目を合わせあい——突如、爆発するような大歓声が沸き上がった。

「ち、ちょっと静かにしてくださいっ！　まだ口外しないでっ!!　そこっ!!!　酒瓶をあけないでくださいっ！！！！」

　ジゼルが騒ぎ始めた冒険者達を一喝する。

——龍を討伐した冒険者。

しかも単独での討伐者となると、大陸に数多いる冒険者の中でもほんの一握り。

以前の私なら周囲の冒険者達と同じ反応を示したと思う。

……だけど、この程度では、まだまだだということを私は知っている。

これでようやく『入り口』に立てるかどうかなのだ。

片手を軽く上げ、冒険者達に注意している少女へお願い。

「騒がしくなったし、今日は帰るわね。明日また来るから、その時に全部引き取って。結構大きいから、訓練場も貸し切りにしておいてもらえると助かるわ。その牙は何時も通り送っておいて。超々特急で！　──あと、これもお願いね」

ジゼルが慌てる。

「え？　レ、レベッカさん！　ちょっと待ってくださいっ‼　龍殺しだと、色々と書いてもらう書類がっ！　特階位申請や【屠龍士】称号申請とかっ‼　皇宮にも呼ばれたりする場合もっ‼!」

「まーかーせーるー」

ジゼルに面倒な書類を丸投げし、牙とハル宛の手紙を押し付け、出口へ向かう。

──手紙の返事、今回もすぐに来るかしら？

ジゼル

誰がどう見ても美少女なレベッカさんが長くて綺麗な白金髪を靡かせ、あっという間に立ち去った後も、ギルド会館内部の喧騒は全く収まりませんでした。

私は自分の頬をつねってみます。

……痛い。夢ではないようです。

目の前には禍々しいとすら思える黒紫の龍の牙と大変可愛らしい花柄の封筒。

届け先は、何時も通り。『辺境都市ユキハナ』の冒険者ギルド。

宛名もこれまた何時も通り『ハル』。

裏返すといつも通り、エルミア先輩宛のメモ書き。

『開けずにきちんと届けなさいよ、似非メイド！　絶対だからねっ！』

凛々しく、気高く、帝都でも有数の魔法剣士として知られる彼女とは思えない程、甘さが滲んでいます。

……昔の彼女を知っている身からすると、信じられないですね。

レベッカさんを追いかけて、辺境都市の冒険者ギルドから晴れて本部勤務になり、担当指名されて早一年。

最上位へとどんどん駆けあがっていく彼女を見てきましたが……今回の件は凄いです。凄過ぎます。

「……ハルさんって、本当に何者なんでしょうねぇ」

私は深く深く溜め息を吐き、現実に向き直ります。

目の前には黒紫色の牙。やはり、夢ではありません。

おそらく、これだけで白金貨数千枚が動くでしょう。

龍素材の加工は極めて困難ではあるものの、その性能は折り紙付き。冒険者なら、誰しもが憧れる代物です。装備に金を惜しむ冒険者は長生き出来ません。

牙一本でそうなのに……雷龍一頭分の素材となると……。

帝国直轄の管理入札制になることは間違いなく、当分の間、大商人や大工房、国の研究機関や軍、有力冒険者達はてんてこ舞いとなるでしょう。

……その前に、主役が消えても大騒ぎをしている目の前の人達をどうにかしないといけないんですけど。

すると、背後から穏やかながらも疲れた声がしました。

「ジゼル君……彼女、また、とんでもない事をしたね……」

私の側にいつのまにか立っていたのは白髪の老人。耳は人族よりも細長く、年代物のローブを纏った、いかにも好々爺然とした人物です。

「ギルド長」

この御方こそ、大陸全土に根を張る超巨大組織冒険者ギルド、その頂点である本部ギルド長、その人です。

種族はエルフで年齢は軽く三百歳を超えているらしく、歴戦の勇士でもあられます。

そんなギルド長が疲れた表情で、呟かれました。

「彼女が帝都に出て来てから約二年になるが、まさか、この短期間で龍を討伐するまでになるとは思わなかった……彼女はまだ確か十代だろう？」

「十七歳です。冒険者になったのは十三歳ですね」

「……二年前の階位は、確か」

「帝都に来た時点では第五階位だった筈です。私が配属になった際はもう第一階位でしたけど」

「…………天才、とはいるものなのだな」

ギルド長が嘆息されます。

――冒険者の階級は、誰しも第二十一階位から始まります。

実績を積めば少しずつ上がっていきますが、彼女のように十代でここまで上り詰める人間は極めて稀。

多くの方々は一桁になることもなく、引退するか……道半ばで倒れます。

レベッカさんは僅か四年でそこまで辿り着いたことになります。

凄い……とにかく、凄い。

途中、別れたとはいえ、その間の大半を一緒に過ごした身として彼女を、私は誇らしく思います。

ギルド長が手を伸ばし、牙に触れました。

「そういえば、これは先に競売に回してしまっていいのかな？」

「あ、いえ……何時も通りです、辺境都市へ送ります」

「また……『彼』にかね？」

「ええ、あの人に、です」

ギルド長が瞑目され首を振られました。

どういう経緯があるのかは知りませんが、この方もあの人を知っているんです。

何度か経緯を聞き出そうとしましたが、余程、怖い目に遭われたらしく、顔面を蒼白にされて教えてはくれませんでした。

私も雷龍の牙に触れます。

——本当に信じられません。

あのレベッカさんが。二年前は、捨て猫みたいだった女の子が！

それも全てはあの人に——『辺境都市の育成者』に、彼女が出会ったから始まったこと。

そう、始まりは今から約二年前。

まだ、レベッカさんが第八階位だった頃の——。

第1章

「レベッカさん――残念ですが、能力値も魔力も上がっていませんね」
冒険者ギルドの担当職員から告げられた言葉に、私は顔を強張らせた。
今日もなわけ……。
依頼された数より、相当多く魔獣を倒したのに何も上がらないなんて。
あれだけ、炎魔法を使ったんだし、せめて魔力くらい上がってもいいのに。
これで、もうかれこれ半年近くは足踏みだ。
……心配そうに、担当の少女が見つめてくる。
帝国辺境都市ユキハナの冒険者ギルド内では一番の美人と評判の子。確か名前はジゼル
……だったと思う。
淡い茶色の長い髪が目立つ。私よりも確か二つ年上なのに幼く見える。
祈るように握っていた両手を更にきつく握りしめ、私を見ている。

良い子なのだろう。仕事熱心で冒険者想いの。

……あまり馴れあうつもりはないけど。

「ありがとう。何か良い依頼があったら教えて」

私は形式的な礼を述べる。

「はい。あの、レベッカさん……あまり気になさらない方が良いですよ？　その御歳で第八階位まで上られたのは本当に凄いんですから！」

「っ‼」

歯を食い縛り、怒鳴るのを自制する。

気にするわよ！　当たり前でしょう⁉

……私は強く、強くならなきゃいけないのだ。二度と会いたくないあの男よりも。

この世界を一人きりで生きていく為に。

二年前、私の父親だった男に告げられた、冷たい言葉が脳裏を過る。

『レベッカ、お前の婚姻が決まったぞ。例の侯爵家だ。何だ？　不服か？　我が血族ならば宿るべき雷魔法。その才無きお前をここまで育ててやった恩を忘れたのか？　役立たずのお前が、この王国で他に出来ることがあるのか？　幸いお前の外見は母親に似て整っている。それくらいしか役に立たないのだから、私に黙って従え！』

　ふっ、と息を吐き、心を落ち着かせる。

……大丈夫。あの男のことだから私に追手を放っているのは間違いないけど、ここは王国じゃなく帝国。しかも、西南の僻地だ。見つかるにしてもまだ時間はある。

沈黙した私にジゼルがおずおずと尋ねてきた。

「レベッカ……さん？」

「え？　あ…………大丈夫。気にしてないわ。私はまだ十五歳だしね」

「そ、そうですよ。はい、今日の買取り金です。少しおまけしておきました」

「助かるわ」

「あ、はい。その、レベッカさん」

「……何？　まだ、何か用があるの？？」

剣呑に問い返す。

少女が茶色の前髪を弄りつつ、躊躇い勝ちに口を開く。

「前々から御相談していた件です。……誰かと組んでみませんか？　ソロでここまで上られたのは、本当に凄いです。けど、冒険者ギルドとしては安全性を考えるとこれ以上は。も、勿論、私が責任を持って信頼出来る方を探してきます！　腕利きで、性格もよくて、向上心もあって、あ、あと女性の！」

「…………最初に言ったわよね？　忘れたの？　私は、ずっと一人でやるって。それが呑めないなら担当を替わってもらって構わないわ。――前の担当者みたいに」

「……はい。で、ですが！」

「それじゃね」

「レ、レベッカさん！」

少女の呼びかけを無視し、私はギルドの外へ。

……分かっている。ソロが危険なのは。

冒険者ギルドはしっかりとした組織で、出来る限り冒険者となった人間を守りつつ、育てていくのを指針としている。

私が知っている公的機関の中では、最もまともで頼りに出来る組織だとも思う。

けど――無理なのだ。

他者に命を預けられる程、私は人を信じることが出来ない。

……血の繋がっている父親だけでなく兄達、そして、仲が良かった妹ですら私を政略結婚に差し出すのを止めようとはしなかったのだから。

*

ベッドに寝転がり、宿の古い天井を見ながら考え込む。

――伸び悩んでいる。

そう、自覚したのはいつだったろう。

二回り以上歳が離れた侯爵と政略結婚させられそうになり、王国にある実家から逃げ出して、帝国の辺境都市ユキハナに流れ着いたのは二年前。

冒険者になったのは、生きていく為にはお金が必要だったのと、自衛の力を得る為で、特段思い入れはなかった。

だけど――全てが自己責任なこの業界は、私の性に合っていた。

幸い剣も魔法もそれなりに使えたから、階位もドンドン上がっていき、順調そのものだった。『天才レベッカ』なんて、言われもした。

……少なくとも半年前までは。

私の今の冒険者階位は第八階位。正しく中堅どころ。

一流とは言い切れず、かといって二流でもなく、新米の時期は過ぎた――そんな、中途半端な立ち位置。

　これで私がパーティを組んでいたのなら、第八階位というのは中々の水準で、十分戦力として期待されていただろう。

　けれど私は……単独行動を好む、ギルドが言うところの『ソロ』だ。

　冒険者になった当初は、五～八人程度の冒険者で『パーティ』を組み、大規模討伐にも参加したものの……どうしても、馴染めなかった。

　それは私が王国出身だから——ではないと思う。

　帝国は世界一の国力を持つ超大国。

　移民にも寛容だし、この辺境都市にも様々な国出身、種族の冒険者がいる。

　つまるところ、私自身の問題なのだ。

　私は……政略結婚の件以来、他人を心からは信じられなくなっている。

　一番仲が良かった妹ですら父親達の味方をした。どうして、他人が信じられるだろう？

　誰かと組む気がない以上、私は独りで強くなるしかない。

　——なのに、この半年間全く階位が上がっていないのだ。

　剣術やその他スキルの能力値、魔力も同様。こんなに長く上がらないのは初めてだ。

　まさか、私の限界って、ここまでなの……？

ぎゅっと、目を瞑り、十五歳になっても、まるで膨らんできやしない胸に手を押しあてる。

（……何で、なんだろう？）

鍛錬は毎日欠かさず続けている。

自分よりも強い元冒険者に教えを乞うてもいる。

階位に合った怪物とも戦っているし、格上の敵を倒してもいる。

だけど、数値は上がらない。

実戦経験という、見えない部分は成長しているだろうけど、やはり数字も少しずつで良いから上がってほしい。

……ギルドに設置された鑑定石なんていう、はっきりと数字が出てしまう、忌々しい魔道具が恨めしい。

とにかく、少しでもいいから上がってほしい。じゃないと――不安になる。

実家に戻る気は更々ない。けど、帝国内に頼れる人間もいない。

（私はもっと強くならなきゃ。そうでないと何時か連れ戻されて……）

不吉な考えが頭をよぎり、怖気が走る。

……ダメだ。

今日の夕食は外で美味しい物を食べよう。少しは気分も晴れるだろう。

私は所々傷んでいる髪を撫でつけ、ベッドから降り立ち、愛剣を手に取った。

私が拠点にしている奇妙な名前の辺境都市ユキハナは、帝国西部一帯を表す辺境領の一都市だ。

最初に辿り着いた時は心底驚いた。

辺境領は帝国内でも田舎、と聞いていたのに、帝都と飛空艇で繋がっているわ、道路はきちんと舗装されているわ、人は多くて活気があるわ、冒険者関連のお店も多いわ……何より食事がとても美味しい。

王国が帝国に勝てないのはしょうがないと思う。帝都の賑わいはここの比じゃないらしい。

私の住んでいた王国には田舎の一都市に空路を開いたり、道路を舗装する、という考え方はない。発展しているのは王都周辺だけだ。

多分、それはこれから先も変わらない。

王国を実質的に支配している大貴族達は、自分達以外の貴族や民衆が力を持つことを、殊の外恐れている。全て大貴族の中だけで物事を決めていたいのだ。

……ほんと、ろくでもない連中だと思う。

私は気分を無理矢理変え、独白する。

「とにかく、今は美味しい物を食べて、元気を出さないと！」

宿のある小道を抜け、大通りに出ると多くの冒険者達が歩いていた。

駆け出しから、中堅。少ないけれど熟練者もいる。それを客とする屋台も多く出て賑わっていて、食欲をそそる匂いが立ち込めている。

ジゼルから前に聞いた説明を思い出す。

『辺境都市は帝国内だと同じ西部にあって、『大迷宮』を抱えている迷都ラビリヤや、経済・政治の中心である西都トヨ、それに帝都ギルハと並んで、冒険者の数が多いんです。なので自然と商売も冒険者相手のものが盛んになっているわけです。……他の冒険者を擁する都市と比べると格としては、一番下なんですけどね』

確かにそれは分かる。辺境都市には、私も含めて若い冒険者がとても多い。

周囲にいる魔獣も、基本的には――時折、違う地方から流れて来た厄介なのもいるけれど――戦いやすい相手ばかりだ。

とにかく、まずはここで腕を磨き、名前を売る。

その後、迷都や西都、帝都へ移動していくのが、多くの冒険者達の辿る道らしい。

それが所謂、帝国にいる冒険者にとっての三大都市。


とにかく多くのお金を稼ぎたい人は『迷都』へ。

お金以上に人脈を築きたいならば『西都』へ。

社会的地位を得たいならば——最激戦区『帝都』へ。


冒険者の格付けとしては、帝都にいる人達が最上位。

次いで、西都。

迷都は二都程ではないものの、上位に君臨している冒険者の質では決して劣らない、と聞いている。

勿論、帝国には北や南、東にも大都市があるけれど、鉱山都市だったり、商都だったり、軍都だったりして、一般の冒険者の活動はそこまで活発じゃない。

なので、私も何れは三都市へ行き自分の腕を更に磨きたい、と思っている。

ただし、どの都市へ行くのにも、冒険者ギルドのお墨付きである推薦状は必須だから、結局、強くならないといけないのだけれど……。

私はまだ遭遇した経験はないものの、上位の魔獣の中には人を喰らい、力を向上させる個体もいるらしく、冒険者ギルドは大都市圏で仕事をするソロ冒険者を第五階位以上の猛者限定、としているのだ。

——強くならないと、先へは進めない。

若干、落ち込みつつ歩いていると、顔馴染の冒険者や店の主人から声がかかったので、手を振る。

ここに流れ着いて約二年、それなりに名前も知られるようになってきた。

美味しい行きつけのお店も出来たし、少ないけど友人がいない訳でもない。

今日は買取り金も手に入ったし、ちょっと高めの定食屋へ行こうと思う。

大通りから路地へ入って暫く歩くと、木製の大きな看板が見えてきた。

『定食屋カーラ』

内陸にある辺境都市で魚介類を食べられるお店は少ないのに、このお店の売りはなんと海鮮料理である。

輸送費用を考えれば、多少高くなるのも仕方ないというものだ。

夕食にはまだ少し早いせいか、私以外に客はいないようだ。

店先から中の様子を覗いていると、元気な声がかかった。

「いらっしゃいませ！　あ、レベッカさん」

「こんばんは。大丈夫かしら？」

「はい、勿論です！　ここ最近、来られないからどうしたんだろう、って、さっきお父さんと話してたんですよ」

「この通り無事よ」

「良かったぁ」

　少し赤みを帯びている三つ編みの髪を揺らしているこの子はカーラ。お店の看板娘であり、店名の由来でもある。私と同い年で数少ない友人だ。

　カウンターへ通されておまかせ定食を頼む。

「ロイドさん、何時もので」

「──ああ」

　厨房内から素っ気ない返事。

　その時だった、店内に大声が響き渡った。

「お！　レベッカじゃねぇかぁ」

　……嫌な奴の声が聞こえた。

　粗野だった父を思い出してしまい、身体が少しだけ震える。無視を決め込む。

「おい！　無視すんじゃねぇよ！　聞こえてんだろ！」

「……うるさいわね。お店の迷惑になるでしょ」

「やっぱり聞こえてんじゃねぇか」

店先から、ニヤニヤといやらしい笑いを浮かべこっちを見ていたのは、野卑で嫌悪感を抱かせる雰囲気を纏った髭面の大男だった。……貴族の出、っていう噂、絶対嘘ね。名前はダイソン。

両腰には片手斧を下げ、分厚い金属鎧を身に纏い、鎧の中央には耐火の赤い魔石がついている。

こんな男でも私と同じ第八階位の冒険者だ。……つい先日まで第九階位だったけど。

——同時期に辺境都市へ流れ着いた当初、ダイソンは私を露骨に見下していた。

その為か、私があっという間に差をつけたのを随分と根に持ち、今は追いついたことを自慢したくて仕方ないようで、こうして絡んで来るのだ。

ダイソンはにやつきながら近寄ってくると、私の許可なしに隣へ座り、しかも椅子を寄せてきた。嫌悪感で肌が粟立つ。

「ギルドで聞いたぜぇ？　そろそろ第七階位かと思えば、まだ上がってないみたいだなぁ、レベッカ。ええ？」

「……あんたには全く関係ないでしょう？」

「はん！　俺は知ってんだぜ？」

「……何をよ？」

「お前は、この半年、足踏みしているらしいなぁ？」

「…………」

どうしてこいつが知ってるんだろうか？

ギルドが漏らした？

いや、それは考え辛いわね。わざわざ、信頼を崩壊させる意味がないし。

ダイソンが気持ち悪い猫撫で声を出す。

「諦めてうちのパーティに入ればいいんじゃねぇか？　俺様が、夜も含めて可愛がってやるよ。どうせ、お前まだ生娘だろう？　なぁ？　っ！」

手を伸ばし太ももに触れて来ようとしたので、小さな火球を生み出し牽制する。

けれど、鎧の赤石が明滅し火球が消えた。……うざったいっ。

少しだけ焦ったダイソンだったが、すぐにニヤつく。

私は声の震えを悟られないように、冷たく吐き捨てる。

「…………鏡で自分の顔を見て言えば？」

「あぁ？　つけあがるんじゃねぇぞ。俺様の階位が上になった時、泣いてパーティ入りを懇願しても――」

「小僧。うちの店で何してやがるんだ？」

静か。それでいて、絶対的な問いかけ。

お店の主人であり、カーラのお父さんでもあるロイドさんが、料理の手を止め、ダイソンを鋭い眼光で睨みつけていた。

手には巨大な包丁。浅黒い肌をした腕は丸太のように太く、傷跡だらけ。

頭は丸刈りで頬にもかつての戦闘で受けた、深い傷跡。

「ちっ……俺は客だぞ？　幾らかつて高位冒険者だったからって、そんな態度をとって良いと思ってんのか？」

視線に気圧され、ダイソンは忌々しそうにしながらも立ち上がる。

対してロイドさんは包丁を容赦なく放り投げた。

超高速でダイソンの耳元を掠め、壁に突き刺さる。一喝。

「出て行きやがれっ！　次は当てるぞっ!!!」

ダイソンが少しだけ青褪めた。

「……ちっ。おい、レベッカ覚えておけよ。お前は必ず俺様のモノになる。そいつは決定事項だからなっ！」

そう言い捨ててダイソンは店を出て行った。ほっと、する。

「大丈夫か？」

さっきとはうって変わって、ロイドさんが気遣ってくれる。

私は頷くと謝罪と礼を口にする。

「……すいません、ありがとうございました。流石は元第三階位。威圧感が違いますね」

「レベッカさん！」

カーラが飛びついてきた。大きく震えている。……私の身体も同じだ。

「ごめんなさい。止めようとしたんですけど、あの人、強引に……」

「うん、大丈夫よ。ありがとう」

「嬢ちゃん、一ついいか」

ロイドさんの目が此方を見据える。そこにあるのは——憂い。

この人からは辺境都市に来て以来、助言を受けたりしているのだ。私も背筋を伸ばす。

「お前さんは何時も気負い過ぎだし焦り過ぎだ。そんなじゃ足をすくわれるぞ。いい加減、ソロもキツいだろう？　パーティを組んだ方がいいんじゃねぇのか？」

私は両手を握りしめる。顔もきっと引き攣っているだろう。

「……はい。そうなのかも、しれません……。ごめん、カーラ。今日はもう帰るわね……」

「レベッカさん……」

ロイドさんに図星を指され、私は項垂れる。

居たたまれず席を立ち、店を出た。

——その夜はまるで眠れなかった。

*

「ごめんなさい。今、レベッカさんにご紹介出来る討伐任務はありません」

翌朝、冒険者ギルド。

受付の台越しにジゼルが謝ってきた。

朝の鍛錬を終えても、ここ最近の漠然とした不安と鬱屈は収まらなかった。

こういう時は、思いっきり剣を振り回せる簡単な魔獣討伐任務でも、と思って来たんだけど……。不発だなんて、本当についてない。

「そう……。仕方ないわね」

「で、でもパーティを組まれるなら……。ほ、ほら？　これとか如何ですか？　この辺りでは凄く珍しい長爪大熊討伐！　報酬も美味しいですし、第五階位の方がリーダーで」

「……昨日も言ったわよ？」

「す、すいません……。あ、なら——す、少しだけ待っててください！」

そう言うと、ジゼルは受付の奥へと引っ込んだ。

待っている間に、近くの大柱に貼られている、各地の冒険者ギルドの報告書を眺める。

『黒灰狼の群れ、各地で消失相次ぐ。新種の魔獣によるものか？』

『東部地区において多数の巨猿の目撃情報。生息地を移動？』

『迷都、三大クランを含む大連合が第百層の主、挑戦へ』

『【盟約の桜花】団長、王国北方を荒らしまわっていた炎の特級悪魔を討伐』

……世の中、依然として物騒極まりないわね。

クラン、というのは、一定数以上の冒険者達が寄り集まって作られる団体だ。

【盟約の桜花】は大陸西方に勇名を馳せている最精鋭クランの一つ。上位龍や特級悪魔討伐にすら成功している。

私も何時か、そんな冒険者に――。

そんなことを受付の台に片肘をつきながら考えていると、ジゼルが戻ってきた。

「お待たせしましたっ！」

片手に持っていた小箱と封筒をそっと机の上に置く。

小箱には清楚な白のリボンが丁寧に結ばれていて、封筒も見るからに高級品。極薄の紅色での花弁が象られている。

魔力は放ってないし、危ない物ではなさそうだけど……。

「……これは？」

私は何だか嬉しそうな表情の担当窓口に問う。

「……ここから先は内密にお願いしますね？　実はですね、これ、本当はエルミア先輩のお仕事なんです。ただレベッカさんも御存じの通り、この数週間、帝国東部へ出張中でして。支部長に相談したところ、レベッカさんになら依頼して良い、と」

私はギルド職員でありながら制服をメイド服風に改造し、担当すら持っていない、存在自体が謎の白髪ハーフエルフ少女を思い返す。

確かにこの数週間、姿を見かけていない。

……いれば、色々と相談――……ち、違うしっ！

あ、あんな子に、べ、別に相談することなんてないしっ！　頼りにもしてないしっ！

……………でも、いてくれたら一緒に食事に行けるのに。

私は内心の想いを見せないようにしつつ、ジゼルへ素っ気なく返す。

「……あの似非メイド、しょっちゅう帝都や迷都へ行ってるみたいだけど……辺境ギルドの一職員に、そんな用事があるの？」

ジゼルが一生懸命、弁明する。

「あ、あれで、お仕事は出来る方なんですよ？　顔も広くて、帝都や、西都、迷都だけでなく、帝国外のギルドの偉い人達とも、顔見知りみたいです」

「……俄かには信じられないわね。で？　私は何をすればいいの？」

私はジゼルへ再度問いかけた。

すると、こちらはきちんと制服を着ている担当窓口が胸を張った。

「冒険者になりたての頃よくやりませんでしたか？　おつかいです！　ここは基本に立ち返ってですね、先輩の秘密を私と一緒に探ってみましょう！」

「…………帰るわ」

踵を返して外へ。

すると、少女は受付脇から飛び出して行く手を阻んできた。

げんなりしながらも顔をジゼルに向けると、思ったよりも真剣な表情。

「レベッカさん……もしかして、これを単なるおつかい、誰にでも出来ること、と思って、なめていませんか？」

珍しく挑みかかってくるかのような声色。私は尋ねる。

「……違うわけ？」

「違いますっ！　これはあの先輩が……隙あらば私に仕事を押し付けて、決まった仕事を持たないあの先輩が、誰にも渡してない仕事なんです！」

……嗚呼、なるほど。疲れているのね。

私はこの少女と出会って以来、一番優しく声をかける。

「……分かったわ。今度、たっぷりと愚痴を聞いてあげるから」

「！　え？　レ、レベッカさんが依頼の件以外で私とお話をしてくださるんですか⁉　嬉し――もしや話を逸らそうとしてます？」

「………………」

私は思わず視線を逸らす。

思ったよりも気付くのが早い。でも……確かにちょっと気になる。

エルミアは、基本仕事をしないことで名を馳せている。

それでいて、ギルド内では謎の権力を持っていて誰も逆らえず、冒険者でもないのに、やたらと強い。

一度、迷都からやって来て事情を知らない第四階位がジゼルに絡んだ時、素手で叩きのめしたのには、戦慄を覚えたものだ。

――そんな、辺境都市の冒険者ならば誰しもが知っている、あの胸無しチビハーフエルフが渡さない仕事？

年上の少女が説明を続ける。

「先輩はこの件について、何一つ教えてくれません。聞こうとしただけで、わ、私の昔の失態を西都の両親へ一つずつ手紙で……うぅ……。わ、私だって、羽目を外す時があるんですっ!! ま、毎回、毎回、お酒で先輩や、ギルドの人達に迷惑をかけてなんていないんですっ⁉ 酷いと思いませんかっ？　思いますよねっ⁉」

「……貴女、またお酒飲んだの？」

「…………そ、その、ほ、ほんの少し。ギルド内の食事会の最初に、き、気持ちだけ……」

ジト目で見やると少女は露骨に視線を逸らした。こう見えて、この子は酒癖が悪く、しかも脱ぎ癖もある……らしい。エルミアに聞いた。

溜め息を吐き、首を振る。

「……何回目なのよ？　で、分かってることは？」

「そ、そんなに飲んでないですよっ⁉　あ、はーい」

話を軌道修正して元に戻す。少女も咳払い。

「こほん。分かっているのは二つだけ。まず、品物と封筒が先輩宛に届きます」

「届くって、何処から？」

「大陸各地からです」

「……はぁ？」

まじまじと、年上の少女の顔を見つめる。至極真面目な表情だ。

……嘘は言ってない、みたいね。

「帝国内だけじゃないんです。北も南も東も西も、何処からだってきます。この前は極東や南方大陸からも届きました」

「……誰が送って来てるわけ？」

「そこまでは。この封筒にも宛先としてうちのギルド名と、先輩の名前が書かれているだけですし。開けたら法律違反になります。何が届いているのかも当然分かりません。けど、各地のギルドが許可していますし、危険物ではない――かな、と」

「あくまでも、予想、なのね」

置かれた封筒と小箱をしげしげと眺める。

そこには、差出人の名前はなく、宛名と一文。

『いい加減、席を譲りなさい（具体的にはわ・た・しに!!!）』

と書かれているだけ。

この字と封筒、それにリボン。きっと女性ね。……席？

小首を傾げていると、職員の少女が説明を継続。

「それが届くと先輩は荷物を持ってすぐ出かけられます。つい最近まで行き先は不明でした。が、秘密をどうしても知りたいというか、先輩の弱みを――こほん。先輩ともっと仲良くなりたいなぁ♪　と思った、ギルド内有志がカンパを募り、高位冒険者さんに尾行してもらって、先日ようやく行き先を突き止める事に成功したんです！」

……冒険者は変人が多いけど、ギルド職員も似たり寄ったりよね。

額に手を置きつつ、呆れる。

「何をしてるのよ、あんた達は」

「し、仕方なかったんです。あの人、異常に警戒能力が高くて、非番の職員ではあっさり撒かれるか、からかわれるばかりで……。今回尾行をお願いした方も、第四階位だったんですよ？　その方でも、最後までの追跡は不可能でした」

「——で、何処まで分かったの？」

そう尋ねると、ジゼルはにやりと笑った。

……悪い笑顔。可愛い顔が台無しだわ。

少しだけ、ほんの少しだけ、私の妹に似てる。

年上の少女は私の反応には気づかず、言葉を続けた。

「依頼を受けてくれない限り、これ以上は話せません！」

私は両手を軽く上げる。

「はぁ……分かった。受けるわ」

「ふふ。ありがとうございます。レベッカさんには、この小箱と封筒を街外れにある廃教会に運んでいただいて……そこに何があるのかを確認してほしいんです！」

訝し気に確認する。

「……それだけ？」

「はい。現状分かっているのは、先輩がそこに行ってるということだけなので……。帰る時、手ぶらですし、品物はその場所に置いてきているか、誰かに渡しているんじゃないかなと思うんです！」

「……これ、危ない話じゃないわよね？」

限りなく胡散臭い。

しかも、私がちょっとだけ、ほんのちょっとだけ、苦手にしている怪談話の気配も漂う。

……まさか、はめられた？

すると、少女は大きく頭を振った。

「むしろ良い話です。確定している情報は話した点だけですが……その廃教会には、以前から噂話がありまして……」

「噂話？」

「はい。えっとですねぇ……」

ジゼルは制服のポケットから手帳を取り出し、捲りながら噂を教えてくれる。

曰く『辺境都市の街外れにある廃教会には奇妙な黒髪の男が住んでいる』

曰く『その男は、自らを【育成者】と自称し、嬉々として名乗ってくる』

曰く『その男に育成を頼んだ冒険者は皆、大陸級となり名を馳せている』

怪しい……とても怪しい。そんな人間がいるなら、誰も苦労はしない。

第一、すぐ有名になって人が押し寄せるだろうに、そんな話は聞いたこともない。噂ですら初めて聞いたし。
やっぱりこんな話は断って――。

＊

「しまえないのが、私の悪いところ、ね」


今、私の目の前には廃教会がある。

確かに古びてはいるが、思ったよりもボロボロじゃない。

でも、見たところ屋根も壊れているし、敷地自体は大きいみたいだけどこんな所に人が住んでいるわけ？

錆びついて壊れている表門のアーチを潜り、敷地内に入る。

まだ真昼。……お化けの気配はなし。

『エルミア先輩が廃教会の中に入って行くところまでは確認が取れています』

ジゼルの言葉を思い出しつつ、教会の扉をそっと押す――開いてる。

覗いてみると中は意外な程、広かった。

割れたステンドグラスから十分な光が入ってきて明るい。

少なくとも見える範囲には人影はなし。気配や魔力も感じない。

木製のベンチが幾つか置かれている。

一番前のそれには毛布？……はっ！

「まさか、あの似非メイド。さぼってここで昼寝を？」

「普段は奥で昼寝してるよ。それはこの前、エルミアを見張っていた冒険者君の持ち物じゃないかな？」

「ああ、なるほど。ここで見張りを——……」

ん？　私は今、誰と話しているの？

ゆっくりと後ろを振り返る。

すると、穏やかに笑う、小さな眼鏡をかけた細身の青年が立っていた。

「やぁ、こんにちは」

「………………」

青年は軽く左手を上げてきた。

見たところ二十代前半。大陸では極めて珍しい純粋な黒髪。背はやや高めで、黒の魔法衣と中には白いシャツを着ていて、手には食材が入った大きな紙袋を抱えている。戦闘する意思はなさそうだ。

それにしても何時の間に……。

警戒する私に対して、朗らかに問いかけてくる。

「買い物で外へ出てみたら、こんな可愛らしいお客人と遭遇するとは。さて、僕に何か御用かな？」

いきなりの遭遇に動揺する。とりあえず、素直に回答。

「ギルドからのお遣いで……」

「お遣い？」

「え、ええ。宛名は違うけど……これ、貴方宛なの？」

布袋から小箱と封筒を取り出し、見せる。

青年は私に近づき、困った表情を浮かべた。

「こういう品を持ってくるのは、あの子の仕事にしているんだけど……。まさかこの仕事さえも人に任せるなんてね。今度、お灸をすえないといけないかな？」

「？　オキュウ？？？」

「ああ、こっちの話。助かったよ、ありがとう」

青年がにこやかに答える。

……なんか変な奴だ。調子が狂う。とっとと帰った方がいいわね。

封筒と小箱を見せる。

「はい、これ。後で揉めるのは嫌だし、紙にサインをくれない？」

「ちょっと待ってね」

男は外套のポケットや懐をまさぐり……困った顔。申し訳なさそうな声で告げてきた。

「ごめん、手元にペンがないんだ。中でするよ。お茶も飲んでいくといい」

「い、いや私は……」

「いいから、いいから。ここで会ったのも何かの縁。偶には君みたいな可愛らしい中堅冒険者さんと話すのも面白そうだ」

青年はそう言って表の扉を押すと、廃教会の中にさっさと入って行ってしまった。

なんなのよ、あいつ。……正直、入りたくない。

けど、サインを貰っていないし、少し興味が湧いているのも事実。

先に奥の部屋へ入っていった青年を目で追う。意を決して、私も扉の中へ。

「こっちだよ、早くおいで」

奥から声。どうやら、居住空間は別らしい。

だけど……そんなに奥行きあったかしら？　疑問を感じつつも追いつき、尋ねる。

「ねえ、どうしてこんな所に住んでいるの？」

「単に巡りあわせかな。あと、案外部屋が広くてね、物置に便利なんだよ」

「物置？」

「見てもらった方が早いかな。さ、どうぞ」

そう言って、やけに重厚な黒い扉を開けた。

扉には精緻極まる紋章が彫り込まれている。これって魔法陣？

でも、魔力は、何も感じないし、見たこともない。

「？　どうかしたかい？」

「……何でもないわ」

強がりつつ扉を潜り抜けると、そこには――

「!?」

私は立ち竦み、青年が楽しそうに笑う。

「ふふふ。その反応、初々しくて嬉しいね」

「な、何なの、よ、こ、これ……」

そこは、まるで博物館のような場所だった。

言葉が出てこず、周囲を見渡す。

天井はアーチ状になっていて、凄く高く、所々に色鮮やかなステンドグラス。

そして、天井に届くほど高い巨大な木製の棚、棚、棚。それが数十列も続いている。

手前の棚に収められているのは、無数の剣、槍、斧等の武具。私が持っている剣とは格が違う。全部、魔剣、魔槍、魔斧の類なんじゃないの、これ……。

身体が自然と細い通路に引き寄せられていき、

「慣れないで入り込むと迷子になるよ？　気になるなら今度、案内しよう。今日はこっちだけを通っておくれ」

という青年の言葉を受けて、止まった。

振り返ると通路なのだろう、一列だけかなり広めに幅が取られている。

おっかなびっくり青年の後をついていくと、その通路だけでも次々ととんでもない物が目に飛び込んできて、心臓がその都度、動揺してしまう。

明らかに上級と分かる魔石や宝石の原石が無造作に置かれている。こんなの実家にいた時でさえ見た記憶がない。

その横の棚には強い魔力を帯びている無数の本がずらり。あの青い表紙の本。もしかして禁書じゃ？

そうこうしていると、生物由来の素材がまとめられている棚の列が目に入って来た。牙、爪、毛皮、骨——どれもこれも、私が何時も狩っているような魔獣じゃない。素材なのに凄い魔力を——……え？

……まさか、そ、そんな……恐る恐る近づく。一抱え程の大きさの深紅の鱗の前で立ち止まる。

先を進む青年へ問いかける。

「ね、ねぇ……これ、龍の鱗……じゃないわよね？」

「ん？　ああ、それかぁ。炎龍らしいよ。『仕留めそこなった！』って手紙が来てたね」

「………………」

何を言ってるのか理解出来ず茫然とする。

龍、龍と言ったのか、この男は。

冒険者を志したならば、誰もが倒してみたいと夢想する、あの龍と。

青年の顔をまじまじと凝視する。先程と変わらず、そこに驚きはない。

彼は少しだけ困った表情を浮かべると、歩を進めながら、言い訳じみた口調で語り出す。

「昔、後押しをした子達が未だに色々と送ってくるんだ。手紙だけで良い、と言っても、みんな聞き入れてくれなくてね……。また、棚を増やさないと」

その瞬間、私はジゼルの話を思い出した。

『その男は【育成者】を自称している』

『その男に育成を頼んだ冒険者は今や皆、大陸級である』

……まさか、本当に？

私が目を離せないでいると、青年は小首を傾げた。

「どうかしたかな？」

「あ……な、なんでもないわ」

「そうかい？　多分、今日、君が持ってきてくれたのも似たような品じゃないかな」

「！？！！」

思わず持っている小箱を凝視する。

え……？　こ、これも……？

「さ、行くよー」

「あ、う、うん」

そのまま進んで行った先にあったのはまた重厚な扉。木のような、金属のような素材……材料が全然分からない。

あと、どう考えても、廃教会の敷地以上の広さなのは……魔法？

でも、こんな魔法が存在するなんて、聞いたことも……。

青年は私に構わず扉を開け入っていく。私は慌てて追いかける。

――そこは整理が行き届いている居住空間だった。

年代物の木製テーブルと椅子が数脚。ゆったりとしたソファ。多くのジャムや茶葉が保管されている硝子棚。台所も設置されている。

青年が手に持っていた紙袋をテーブルに置くと、食材を出して棚へ仕舞っていく。

天窓から陽の光が柔らかく差し込んでいて、眩しい。

窓の外には花々が咲き誇る広い内庭。鼻腔を花のいい香りがくすぐる。

きょろきょろしていると笑い声があがった。

途端に恥ずかしさが込み上げてきて、思わず青年を睨んでしまう。だけど彼は特に気にした風もなく、一枚板のテーブルの傍の古い椅子に座るよう勧めてくる。

「そこに座って。今、飲み物を淹れてあげよう」

「……結構よ。すぐに帰るから」

「そう言わずに飲んでおいきよ。とても美味しい珈琲だよ？　甘い物もつけよう」

美味しい珈琲！

私の故郷であるレナント王国では紅茶よりも珈琲がよく飲まれていた。

けれど、帝国では紅茶が主流。結果、珈琲はとても高い……。

まして、ここは辺境。美味しい珈琲は然う然う飲める物ではない。

私は誘惑に抗えず、おずおずと頷く。

それを見た男は満足気。口笛まで吹いている。

……龍を倒すような冒険者の師匠には、とても見えないわね。

椅子に腰かけたものの、男が珈琲を準備する間、手持ち無沙汰なため、周囲を観察する。

綺麗に整頓されている部屋。私が泊っている宿の部屋よりも余程綺麗だ。

本棚には古びた書物が並んでいる。

興味をひかれ、本棚に近づいてしげしげと眺めてみる。

手前にあったのは、百数十年以上前、全世界を旅したという世界最高の射手が記した大旅行記『千射夜話』。これは私も読んだことがあるわね。この世界の形を私達が何となく分かっているのは、この本の影響が大きいと思う。装丁が随分古い。

他にも『六英雄と三神　その時代背景について』『八六合戦始末　序』『大魔導全書』『偽錬金術大全』『螺子巻き街発展記　上』など……分厚い怪し気な古書がずらり。帝国以外の物も多い。

間には脈絡なく絵本。

小さい頃、母に読んでもらった、子供向けの英雄譚がある。

ふ〜ん……こういうのも読むんだ。少し可愛らしい。

思わず笑みが零れ――ふと気が付く。あれ、ちょっと、待って。

私、客観的に見たら――、

(見ず知らずの男の自宅に連れ込まれてる⁉)


棚に手がぶつかり、がたん、と椅子が音を立てる。

台所から青年が心配そうに話しかけてきた。

「おっと。大丈夫かーい？」

「だ、大丈夫よっ！」

過去最大の動揺。家族じゃない男の部屋に入った経験なんて今までにない。

息を整え、木製の椅子に座る。

するとちょうど珈琲を淹れ終えた青年が、カップをテーブルへ置いた。

「何か気になる本があったかな？　はい、どうぞ。お口に合えば良いけれど」

「あ、う、そ、その……」

「変な子だなぁ。さ、お食べ」

青年はカップと一緒に、お菓子が載った小皿を差し出してきた。

三角形に切られていて白い？　真ん中に苺が載っている。

「食べたことあるかな？　ショートケーキと言うんだ。帝都では売っている店もあるみたいなんだけど。珈琲が冷めない内にどうぞ」

「…………」

普段の私なら、こんな得体のしれない男に出された物を口にはしないだろう。

でも……でも、嗚呼！　懐かしい、珈琲の香り！

小さい頃、母さんにミルクと砂糖をたくさん入れてもらって飲んだのを思い出す。

それに……「？」と小首を傾げながら私に微笑む黒髪の青年。

……何でかしら、彼を見ていると信用しても大丈夫だと思ってしまうのだ。

まぁ、いきなり毒を盛られやしないだろう。大概の毒対策もしているし。

お皿に添えられた可愛らしいフォークを手に取り、小さく切って、お菓子を口に運ぶ。

――瞬間、大衝撃を受ける。

何これ！　何これ‼　何これっ!!!

白い部分はとても甘いクリーム。土台部分はスポンジで、中にも苺と白くて甘いクリームが層を作っている。どういうケーキなの？？

こ、こんなの食べたことないわ。お・い・し・い～♪

はぁ、幸せ……。世の中に、こんな幸せになれるお菓子があるなんて……。

今日の依頼受けて良かった……。

夢中になりつつも、小さい頃からの習慣通りに、フォークとナイフで綺麗に切りながら食べていると、穏やかな視線を感じた。

「美味しそうに食べるねぇ。作った甲斐があったよ。僕のもどうぞ」

青年は笑顔で二個目のショートケーキが載った小皿を差し出してきた。

……はっ！

わ、私は、な、何を、何を⁉

――……ケーキは食べたいし受け取るけど。

「う………あ、ありがとう。そ、その、と、とっても美味しいわ」

「良かった。はい、サイン」

青年はペンを右手で回しつつ、左手で小さな紙を差し出してきた。

「……すっかり忘れてたわ。

　受け取り、代わりに封筒と小箱を手渡す。青年が名乗った。

「自己紹介もまだだったね。僕の名はハル。育成者をしてるんだ。ここで知り合ったのも何かの縁だし、役に立つ助言はいるかな？　第八階位冒険者のレベッカさん」

「結構よ。有り体に言って、あんた胡散臭い――……!?」

　！　どうして、私の名前と階位を知って！

　私は咄嗟に腰の剣に手を伸ばそうとして――止めた。

　そして、ふっーと息を吐くとフォークを握り直し二個目のショートケーキを小さく切って、口に運ぶ。

　青年は目を丸くしつつも楽しそうに言う。

「おや？　斬りかかってくると思ったのに」

「……美味しいお菓子を食べる方を優先しただけよ。こんな時に、無粋な真似はしないわ」

「それはどうも」

　笑顔で勧めてくる青年。こうして近くで見ると童顔だ。一見、人族だけど……外見通りの年齢じゃないだろう。

　長命種の代表格であるエルフやドワーフ、獣人でもなさそうだ。

着ている服はかなりの高級品。それと先程見たあり得ない品の数々と、本棚に置いてあった古書からも、こいつが只者じゃないのは分かるわ。

敵意はなし。単に歓待しているだけ。私への視線は最初から穏やかそのもの。

もしかして、いい奴……なのかも？

……って、違うっ!!!

あ、会ったばかりの男に、何、気を許しかけているの、私は！

誤魔化すように質問。

「……どうして、私を知ってるの？　それと……単刀直入に聞くわ。あんた、エルミアとどういう関係なわけ？」

「さーて、どうしてだと思う？　ああ、エルミアは……他人様に説明するのは難しいね」

こいつと私は初対面。それは間違いない。黒髪は目立つ。一度会えば印象に残る。

と、なると……

「……エルミアの入れ知恵ね」

青年はカップを掲げた。

「正解。あの子とは、毎日、お茶の合間に色々な話をするんだ。君の名前はよく聞いてたから、すぐ分かったよ。『捨て猫がずっと拗ねてる。助けてあげて』ってね。こういうやり方をするとは聞いていなかった」

「だ、誰が捨て猫よっ!!! ……けど、エルミアがそんな……」

「意外かい？」

私は苺に、フォークを突き立てる。

「……不吉ね。何時もなら『面倒くさい。私は眠い』だけで終わるもの。話は、その、た、たくさん聞いてくれるけど」

「言いそうだね。君への助言は後でするとして、ちょっと失礼するよ」

青年はそう言うと、こちらの返答を聞かないままに封筒をペーパーナイフで開け、読み始めた。

中身は予想通り手紙らしく、文字を目で追いながら時折笑い出す。まるで子供からの便りを喜んでいる父親みたい。若い男が見せる表情じゃない。

読み終わると次は小箱を手に取った。表のリボンを解き、蓋を取る。

すると――恐ろしく強い魔力の波動があふれ出す。

「きゃっ！」

「ああ、ごめんごめん」

紅い波動が肉眼で見える程だ。これは炎属性？

今まで感じなかったのは小箱に封がしてあったせい？

こ、こんなに強い魔力を封じていたっていうの⁉

……こ、こんなの、並の魔法士が出来ることじゃないっ！

私は驚愕して声も出せずにいるのに、青年はいとも簡単に小箱から綺麗な紅色をした小さな硝子玉のような物を取り出して少し苦笑した。

「……また大変な物を送ってきたなぁ。この前、話したことを覚えてたのか」

「ね、ねぇ、それは何？」

おそらくは魔石。しかも、恐ろしく質の良い。

競売にかけたら、金貨数百じゃ……そんな私の予想を軽々飛び越え、青年はあっさりと、口にした。

「炎の宝珠だよ」

「……は？」

呆けた声が出た。各属性宝珠と言えば、魔法媒介の素材として超一級品。魔法を扱う者であれば、生涯で一度は手にしたい、と思う類の代物だ。

帝国西方で発見されて以来、二百年近く経つも未だ踏破されていない、ローグランドの次元迷宮――通称『大迷宮』を抱えている迷都ラビリヤ産のそれが名高いが、入手は極めて困難だと聞いている。

何しろ階層の主を討伐しないといけないのだ。

その強さは龍程ではないにせよ、上位冒険者のみで構成されたパーティが複数組集まっても苦戦すると聞く。

それ以外の入手方法は、特級以上の龍か悪魔を討伐。つまり、まず無理だ。

ただし――希少な分、効果は極めて絶大。

宝珠を組み込んだ武具は、属性に応じて大きな魔力と耐性が得られ、著名な冒険者や、騎士、魔法使いの装備品には大抵これが使用されているらしい。

迷都で年に二、三度出品された際こっちでも話題になるくらいだし、取引額は最低でも金貨数千枚。私は、ギルドの報告書をよく読んでる方だと思うけど、ここ最近、競売にもかけられていない筈だ。

つまり――この宝珠が本物だとするならば、ギルドを通さず、ソロ、もしくはパーティ、クランが直接送って来た、ということになる。

そんな物を平然と？　しかも、さっき自分が運んできた箱の中に？

……偽物の可能性が高いわね。

青年が笑い、宝珠だというそれを渡してきた。

「あ、信じてないね。直接、手に取ってごらんよ」

「ち、ちょっと」

私は慌てて両手で受け止める。

圧縮された恐ろしく強い炎属性。も、もしかして本物？

それにしても、本当に綺麗……。

宝珠の人気は圧倒的な効果とその美しさにある、と聞いてはいたけど、納得する。

――ひとしきり眺めていると、何時の間にか青年が三本の棒を持って横に立っていた。

それぞれ材質が違うように見える。

「納得したかな？」

「……確かに本物みたいね。だけど、こんな貴重な物を送ってくるなんて、何者なのよ」

「さっきも言ったけど、昔後押しした子達が律儀に送ってくるんだ。みんな、立派になってくれてね。今回は僕の失敗なんだけど」

「失敗？」

「この前、王都を久しぶりに訪ねた時、話しちゃったんだよ。『炎と水の宝珠を探しているんだ』って。今度、お返しをしておかないと」

……もう、訳が分からないわ。

こいつの話は概ね事実らしい。

だけど、付き合っていたら私の中の常識が音を立てて壊れるばっかり——

「さて、これを見てくれるかな？」

青年が、こちらに持ってきた三本の棒を見せてきた。……今度はなんなのよ。

一つは木製。内部に光が瞬いているように見える。

やや短い二本目は、灰色。何かの骨？？

そして、三本目は明らかに金属。けれど、凄い魔力を感じる。

それぞれの先端には、何かをはめ込む為なのだろう、数ヶ所、穴があいている。

数えてみると七ヶ所。どうやら、杖の試作品らしい。

黒髪の青年が聞いてきた。

「どれが良いと思う？　直感で選んでおくれ」

「——木ね」

「ふむ。了解」

そう言うと、虚空から五つの宝珠が次々と出て来て穴にはまってゆき、残った二本の杖は手品みたいに消えた。

……待って、時空魔法を使えるのにも言いたいことは多々あるけど、目の前にあるこの杖は何？　何なわけ⁉

私の目がおかしくなっていないなら、これは――。

青年がニコニコしながら、促してきた。

「さ、はめ込んでごらん？」

「………」

恐る恐る、空いている穴に炎の宝珠をはめ込む。

宝珠が合計で――六つ。残りの穴は一つ。

「うん、様になってきた」

「ね、ねぇ……こ、これ、この杖って……」

「ん？　材料があったからね。杖もほしい頃合いだったし、作ってみたんだ。まだ水の宝珠が足りないんだけど、完成したら、おそらく大陸内にも一本しかない七属性宝珠付き世界樹の杖になると思うよ。七つ目をはめる際には調整が必要そうだし、西都へ行かないと……そうだ。これも何かの縁だし、完成したら名付け親になってくれないかな？」

「！？！！」

——人間は衝撃が大き過ぎると、言葉そのものを失う、というのを実感する。

目の前の杖の土台に使った材料は、私みたいな冒険者なら知らない者はいない代物だったからだ。

＊

世界樹——それは大陸中央にそびえる大樹。

かつては、世界に三本あったらしいけど、現存しているのは一本だけ。

伝承によれば、三百年以上前の『魔神大戦』終結後、一本が枯れ、世界を滅ぼそうとした『魔神』に挑んだ六人の英雄を救い、力を使い果たし天に帰った『女神』がこの世界からいなくなった際、もう一本も枯れ落ちたそうだ。

辺り一帯はハイエルフの神域になっていて、立ち入るのも難しく、帝国皇帝が命じても拒絶されたと聞いている。

結果、素材を手に入れるのも至難で、極々稀に、冒険者ギルドへ持ち込まれる程度だ。

歴史上、世界樹の枝を使用し、実在したと認定されているのは伝説の魔杖『導きし星月』のみ。

今、目の前にあるのはそういう代物だ。

何処の地点の枝を使っているかまでは分からないけど、この杖には六つの属性宝珠も付いている。

さっきから、ずっと白昼夢でも見てるんじゃないかしら。

頬っぺたをつねってみるけど……痛い。これは現実だ。

この短時間に、幾つ『最高峰』を見せられているわけ？

椅子に腰かけた青年は珈琲を飲んでいる。

こ、こいつ……。

「変な顔だなぁ。滅多にない機会だし、持ってごらんよ」

「え？　ち、ちょっとっ！」

青年が杖をこちらに手渡してきた。

持った瞬間、悟る。

――……ああ、本物だ。

自分の中で魔力が著しく活性化している。

今なら普段使えない属性の魔法も使えてしまいそう。

それこそ――私が使えない雷魔法だって。青年が微笑み、左手の人差し指を立てた。

「一つ目の助言をしようか。レベッカは、炎だけじゃなくて雷を使った方が良いね。苦手にしているみたいだけど、君の適性は雷だよ」

思考が一瞬止まる。私の適性が『雷』……？？

青年に問う。

「……………どうして、私の属性を知ってるの？」

「ふふ、僕は育成者だから。見れば分かるのさ」

幾らあのエルミアでも、冒険者にとって命綱の情報を他人に話さないだろう。そういう子じゃない。

確かに私は炎魔法を得意にしているし、雷魔法はまともに使えない。

それを何故？　しかも、適性が雷寄り？

手品の種は……私は杖を握りしめる。

「この杖ね」

「またまた正解。それを持つと、魔力が活性化するから驚かすには便利なんだ。全部揃えばもっと活躍してくれるだろう。君は賢いね。大体、どんな子もここらへんで剣を抜いたり、魔法を展開したりするんだけれど」

「……斬られたいの？」

目を細め殺気を匂わす。

青年の顔は穏やかなまま。対応しようともしていない。

カップを持ったまま、片手を軽く上げた。

「酷いなぁ。褒めてるのに」

「からかわないで！　……お暇するわ」

そう言い、杖を返す。

手に張り付くような感覚。まるで、杖が意思を持っているみたいだ。

先程の倉庫に置かれていた物といい、この杖といい……尋常じゃない。

話せば話す程、常識は崩壊していく。関わるのは――危険過ぎる。

私が築きあげてきた『世界』の中に、こいつはあっさりと入り込んできてしまいそうだ。

……そんなの、怖い……。

私の葛藤を知ってか、知らずか、青年は気安く誘ってきた。

「夕食も食べて行けばいいのに。御馳走を作るよ？　エルミアの話も聞かせてほしいし」

「……結構よ。あと、あの似非メイドの話をする悪趣味は持ってないわ」

「そうなのかい？　エルミアは毎回、楽しそうに話してくれたから、仲良しなんだな、って思っていたんだけど。ああ、夕食後にも珈琲と甘い物も出すよ？」

！　エルミアが私の話を楽しそうに？？

心が温かくなり、少し顔がにやけそうになるのを抑えつつ断る。

「……け、結構よ！　あと、べ、別に私はエルミアと仲良くなんかないっ！　……ま、まあ、少しは喋る方だけど」

青年は肩を竦めた。

「そうか残念。なら——代わりに二つ目の助言をしよう。魔法剣を使いたいなら今のままじゃ永久に駄目だよ。君が成長するには、さっきも言ったように、炎魔法じゃなく雷魔法が鍵だからね。炎魔法の成長は雷魔法を究めた後でも出来るさ」

瞬間、抜剣し本気の斬撃。寸止めすら考えていない。

しかし——

「⁉」

「危ないなぁ」

私の剣は、目に見える程強力な魔力障壁で阻まれていた。

刃が進んでいかない⁉

動揺を押し殺しながら、距離を取り、剣を構える。

「……誰に聞いたの？」

「誰に聞いたと思う？」

笑みが逆に腹立たしい。

――魔法剣とは武器に属性魔法を付与し、攻撃力を飛躍的に向上させる技のことだ。

習得すると、普通の武器では攻撃が通らない強大な魔獣にも対抗出来るようになる。

龍や悪魔、年老い力を増した魔獣などの上位種との長い長い闘争の果てに、人が編み出した接近戦の術こそ魔法剣であり、上級前衛職が習得する気闘術なのだ。

私の目標――冒険者の高み、第一階位へ到達するには必須となる技。

第八階位に昇格してから、私は魔法剣を習得しようと努力してきた。

だけど、その取っ掛かりすら未だに得られていない。

……誰も知らない……エルミアにだって、まだ話してはいないのにっ！

黒髪の青年が私を評する。

「君は少し背伸びし過ぎだね。魔法剣や気闘術は習得に時間がかかるんだ。そのせいで他を蔑ろにすると、全部台無しになる」

「っ……！　なら、どうすればいいって言うのよ！」

「その助言が欲しいから、今日ここに来たんじゃないのかな？　エルミアに聞いていた君の性格からして、普段は『廃教会に育成者が住んでいる』なんて噂、本気にしないだろう？」

「…………」

そういう気持ちがなかった、とは言わない。

噂話を信じた訳じゃなかったけど、今は何にでも縋りたいというのが本音だ。

けど……剣をひき鞘に戻し、問う。

「貴方に師事すれば、私は成長出来るって言うの？」

青年は眼鏡を取り、布で拭きつつ頷く。

「勿論。そうだね、第五階位にはあっと言う間に上がれるんじゃないかな？　僕は藁船でもなければ、泥船でもない。実績もあるし」

「……冗談としては度が過ぎてるわね」

「冗談のつもりはないよ。君には素晴らしい才能がある。それを磨かないのは余りにも惜しい。どんなに良い原石も、磨き方次第で輝き方が変わるのだしね」

何のてらいもなくそう話す青年。本気みたいだ。

……ほんと、何者なのだろう、こいつは。

どうして、会ったばかりの私をここまで評価してくれるのだろう。

両親も、親族も、血の繋がった人達は、誰一人として、私を信じても、まして、背中を押してなんか、くれやしなかったのに。

私は、ずっと、ずっと、ずっと一人で……これから先も、一人で……強くならないといけないのに。

青年はテーブルに両肘をつき、にこやかに告げた。

「ま、そう深刻に考えなくてもいいよ。一先ずお試しでどうかな？　最近は余り教えていなかったけど、何せエルミアの推薦だ。あの子が、わざわざ僕に人を紹介するなんて、滅多にないんだよ？　何年振りだろうなぁ……記憶にある限り、サクラ以来かな？　その前だと、ハナとルナだし」

「サクラ？　ハナとルナ⁉⁉　……エルミアの推薦⁉⁉⁉」

私は思わず言葉を繰り返す。

『サクラ』『ハナ』『ルナ』。

この名前……確か冒険者ギルドの報告書で読んだ……まさか、ね。

私は立ったまま珈琲カップを手に取ろうとし——青年が新しく淹れ直してくれた。

一口飲み、おずおずと尋ねる。

「……『サクラ』って、【盟約の桜花】の団長さんじゃない？」

「ん？　知ってるのかい？」

「……じ、じゃあ『ハナ』って、迷都最強クラン【薔薇の庭園】団長……【灰塵の魔女】？」

「そうだね。数ヶ月前、迷都へ行ったら副長のタチアナも随分と成長していたよ。異名は何だっかな？　確か【不倒】──まぁ、彼女については、僕は殆ど関与していないけど」

「…………」

意識が遠くなる。

三人共も現冒険者の頂点とも言える剣士、魔法士、楯役だ。

そんな人達の師であり、関係者!?　この青年が!?

残っていたショートケーキを行儀悪いけれど大きめに切り、頬張る。

ここまで来たら、最後の一人についても聞かないといけない。

「…………『ルナ』って【天魔士】の……？」

いや、まさか、ね。流石にそんなことは。

けれど、青年はカップと皿を重ねつつ、あっさりと頷いた。

「そうだよ。今じゃ僕よりも遥かに強くなっちゃったね」

――【天魔士】

それは、魔法士の頂点にして至高の存在だ。いうなれば……大陸最強後衛の称号。

もう、訳が分からない。

そうこうしている内に、黒髪の青年は杖を置いたまま内庭に出て行き、私を呼んだ。

「さて、腹ごなしに模擬戦でもしてみようか。君の実力をもう少し見せておくれよ？」

……落ち着いて、落ち着くのよ、レベッカ。

この男が何者かは分からないけど、取っ掛かりが欲しいのは事実だし、コツだけ聞き出してみて、それが有効なら活かせばいいじゃない。

エルミアも、私を気にかけてくれてたみたいだし。……推薦って何よ。事前に言ってくれてもいいのに。

心中で白髪美少女に文句を言いつつ、私も広い内庭へ。

花壇を背にし、黒髪眼鏡の青年と少し距離をおいて相対する。

すると、青年は懐からペーパーナイフを取り出した。

「……何のつもり？」

「全力で攻撃してきてくれていいよ。ああ、花達が可哀想だし、剣だけでね。魔法障壁を張らせたら君の勝ちだ。なお、僕は動かないし、直接反撃もしない」

「へぇ……舐めてくれるじゃない」

歯軋りし、剣を抜き放つ。

無銘だけれど、実家を飛び出して以来、私を支えてくれた愛剣をそんなペーパーナイフで受けようなんて……痛い目を見させてあげるっ！

——風が吹き、静寂が私達の間に満ちた。

「行くわよっ！！！！！」

私は叫び前傾姿勢で疾走し、間合いを一気に詰める。

そして、地面すれすれから、逆斜め斬り。

普通なら、この一撃で腕まで持っていける。

——が、

「！？！！」「おっと、危ない」

私の斬撃はあっさりと青年に弾かれた。嘘でしょ!?

それでも、跳ねあがった剣を続けざまに振り下ろしたのは、幼い頃から延々としてきた訓練の賜物だった。上段からの全力斜め斬り。

激しい金属音。

愛剣が悲鳴を上げ、いつの間にか、濃い黒に染まっているペーパーナイフに再び弾かれた。漆黒の小さな稲妻が周囲に飛び散る。

雷の、魔法剣!?

青年は左手で眼鏡を直しながら、賞賛してくる。

「御見事! 正統レナント王国流剣術の連続技だね」

「くっ!!!」

これは模擬戦だ——という考えがなくなり、至近距離で容赦なく斬撃を繰り出す。

が——駄目。悉く防がれてしまう。まるで、全部先読みされているかのように。

胴の横薙ぎが逆手に持ち変えたペーパーナイフで受け止められ、青年を睨みつける。

「思ったよりもずっと練り上げられている。レベッカは真面目な子なんだね」

「舐めない、でっ!!!!!」

叫びつつ後退し、剣を真正面に構える。

……この男、私よりも遥かに強い。おそらく、私の父よりも。

でも、私は負けられないっ! 負けられないっ!!

地面を強く強く蹴り、身体強化魔法を全力発動。過去最高速で連続突きを放つ!

私の愛剣をペーパーナイフがあっさりと迎撃。全て受け流していく。

「ん～？　普通の連続突きだとつまらない。途中、途中で斬撃を交ぜ――」

「これでっ！！！！！」

青年の指摘が終わる前に、剣を寝かせ突きから斬撃へ変化させる。

これは――躱せない。

間違いなく胴を薙げる。避ける為には障壁を張るしかない。勝った！

――次の瞬間、私の愛剣は黒雷を放つペーパーナイフによって、断ち切られていた。

剣身が空を舞い地面に落下。突き刺さる。

……嘘、でしょ……？

青年が拍手をする。

「今の一撃は良かったよ。君の剣技は基本に忠実でとても流麗――……え、えーっと、レ、レベッカ？」

「…………」

私は少し離れ俯く。身体が勝手に震えてきた。

地面に涙が落ち、染みを作っていく。抑えられない。

この剣は、私を支えてくれた唯一の……『相棒』だったのだ。

さっきまで余裕綽々だった黒髪眼鏡の青年が、慌て始める。

「あ～……そ、その、ち、違うんだっ！　な、泣かすつもりはなくて、ね……困ったな。子猫を相手にするのは久しぶりだったもんだから、加減が分からなくて」

「ぐすっ……わたし、子猫なんか、じゃ、ない……」

涙を袖で拭いつつ私は青年を睨みつけ、文句を言う。

明らかに動揺した様子で隙だらけだ。

自然と――身体が動いた。

「わたしは、あんたなんかに、負けないんだからぁぁぁぁぁぁ！！！！！」

私は半ばから折れた剣を最上段から振り下ろす！

魔力が剣身を伝い急加速する初めての感覚。青年の瞳が大きくなった。

「おおっとっ!?」

私が繰り出した生涯最高の一撃は――青年の両手に挟み込まれ停止していた。

焦げたペーパーナイフが、剣身の脇に落下し、突き刺さる。

眼鏡の奥の瞳が優しく私を見つめた。

「エルミアが気に入るわけだね。初めての模擬戦で両手を使わされたのも久しぶりだ。今日はここまでにしておこうか」

「…………」

私はゆっくりと剣をひき、鞘へ収めた。

……本当に折れちゃったんだ。私の剣……。

心が沈み、酷く落ち込む。

青年は突き刺さっている剣身とペーパーナイフを抜き、私に声をかけてきた。

「ごめんよ。剣を折るつもりはなかったんだけど……君が思ったよりも強くてね」

「！……本当、に？」

黒髪の青年と視線を合わせる。

すると、強い肯定が返ってきた。

「強いよ。第八階位というのは信じられない」

「……そ、そう」

沈んでいた心が浮上してくる。我ながら単純だ。

――頭の上に、大きな白いタオルが降ってきた。

「顔を洗うついでに、お風呂にでも入っておいで。その間に僕は代わりの剣を選んで、夕食を作っておこう」

「え？　で、でも……私……」

「折ってしまった剣のお詫びだよ」

青年が私を見つめる。そこにあるのは純粋な心配だ。

……エルミアと同じ。

私は瞼を袖で拭い、返答した。

「……………分かったわ。それと、その―――……ハ、ハル」

「ん？　何だい？」

私は黒髪の青年へ向き直り、深々と頭を下げる。

「え、えっと……あ、貴方が強いのは分かったわ。だ、だから……その……い、育成、よ、よろしくお願いします。で、でも、効果がなかったらすぐ止めるからっ！　……あったら、ま、まぁ正式な教え子になってあげても、いいわ」

青年が、くすり、と笑った。

「任されたよ。【辺境都市の育成者】の名に誓って階段を上らせてあげよう。代えの剣と夕食は期待しておくれ。ああ、それと、レベッカ」

「？　何？？」

青年――ハルは私へ笑いかけた。

「綺麗な髪なんだし、大事にした方が良いと思うな。昔、教え子が使っていた洗髪剤、使ってみるかい？」

「！？！！」

え、えっと……き、綺麗って……あの、その……。

頬が赤くなっているのを自覚しつつも――……頷く。

すると、ハルは悪戯っ子のように微笑んだ。


――石造りのお風呂は今まで私が入ってきた中で、一番広く気持ちよいものだった。

どうやら温泉らしい。あと、洗髪剤は花の香りがした。

廃教会の何処にこんな場所が？　という疑問は棚上げ。理解出来ないし。

脱衣場には女子用の着替えが置かれていた。誰かが泊まりに来ることもあるのだろう。

【灰塵】とか【不倒】とかなのかしら？

お風呂上がりの牛乳も冷えていて凄く美味しかった。

豪華な夕食の間もハルとたくさん話をして……小さい頃、お母さんが生きてた頃以来だったかもしれない、あんな風に楽しい夕食は。

こういうのも偶(たま)になら、悪くはないのかも……と、思っていたら夜は更(ふ)けてしまい、結局、その晩は私も泊まっていくことになってしまった。

しかも、宛(あて)がわれたのはエルミアのベッド。

何と、あの白髪ハーフエルフ、この廃教会で寝起(ねお)きしているらしい。

ふふふ……良い情報を得たわ……。

だけど、当面、ハルのことはジゼルに内緒(ないしょ)にしておかないと。絶対、根掘(ねほ)り葉掘(はほ)り聞かれるし。

——そんなことを思いながら、私は数年ぶりに安らかな眠(ねむ)りについたのだった。

第2章

冒険者にとって食事はとても大切なものだ。

人であれ、エルフであれ、ドワーフであれ、獣人であれ、妖精であれ……何かを食べなければ生きてはいけない。

変なものを食べて身体を壊してしまえば、私のようなソロはそれだけで、ギルドから依頼を受けられなくなり、お金を稼げなくなってしまう。

なので、私がこの数日、こうして廃教会へやって来ているのにも整合性はある。

ここに来れば美味しい食事と紅茶や、帝国では一般的に飲まれていない珈琲、美味しいお菓子を食べられる。

食事代は渡しているので無銭飲食でもない。

第一、ハル本人が『暇なら何時でもおいでよ。その代わり色々な話を聞かせてほしいな。育成方針を決める為にもね』と言っている。

私には一片の瑕疵もなければ、やましさもない！

……初日以外、泊まってもいないしっ！

そう、自分に言い訳をした後、今日もまた私はナイフとフォークを握りしめる。

そして、パンケーキ？　とあいつが呼んでいた丸い形をしていて、バターがたっぷりと使われ、たっぷりの蜂蜜がかかっている、フワフワな物体の攻略を開始。綺麗に切り分けていく。三段重ねだ。

ドキドキしながら――ぱくり。

「～～～♪」

私は椅子に座りながら、足をばたばた。おーいーしー。

すると奥で珈琲を淹れ直してくれていたエプロン姿の青年――ハルが振り向き、小首を傾げた。

「レベッカ？　どうかしたのかな？」

「！　な、何でもないわ。気にしないで」

誤魔化すように、白磁に赤色で花が描かれた小瓶に入っている、独特な風味の蜂蜜を追加でかける。同盟より遥か東の地、大陸中央部から届いたものらしい。

『千射夜話』に書いてあった、永遠とも思える花畑がある国辺りなのかしら？

考えつつ、まとめてパンケーキにフォークを突き立てようとし……止める。

『食事は綺麗に食べないと、ね？』

昔、お母さんに言われたのを思い出し、切り分けた物を一枚ずつ食べていく。

折角、こんなに美味しいんだしね。

――食べ終わり、珈琲を飲みハルに御礼を言う。

「御馳走様。美味しかった。ねぇ？　内庭見ていい？」

「お粗末様。勿論。レベッカは綺麗に食べるね」

「そう？　普通よ、普通」

ハルへ御礼を言いながら、軽く手を振り内庭へ移動する。

相変わらず見たこともない花々が咲き乱れて、とても綺麗だ。それに良い香り。

私の故国であるレナント王国では余程の貴族じゃない限り、これ程の庭なんて持てない。

とにかく、軍事にお金が費やされているからだ。

けれど……そこまで努力してもなお、王国は、帝国に軍事・経済・統治の面で大差をつけられている。

私は咲いている紅い六輪花に触れ、匂いを嗅ぐ。

どうやら、洗髪剤にはこの花が使われているようだ。

……王国では、このような花もまた軍事用薬品に使用されているのを、ふと思い出す。お母さんの大事にしていた花園も亡くなった後、父に売られてしまったっけ。

純粋な国力でも大差をつけられているのに、国内に抱えている冒険者の数でも王国は大差をつけられている。

これだけでも絶望的なのに、帝国を拠点にしている特階位の多いこと、多いこと……。

冒険者ギルドが公認しているのは、現状、大陸中で僅か十数名なのに、帝国内には、その内半数以上。王国は僅か二名に――横から手が伸びてきた。

いつの間にか外へ出てきていた黒髪の青年が尋ねてくる。

「レベッカ、そろそろ、育成を本格的に始めようか」

「!?」

――実のところ、初日以来、ハルは私に何も指導してくれていない。

折れた愛剣に代わる一振りの美しい剣をくれて、美味しい食事を食べさせ、私の訓練をじっと見ていただけだ。

おつかいの結果を報告したジゼルには少し休むよう言われたし、この数日は良い休暇になったのは間違いないのだけれど……気になっていた。

もしかして、ハルが私に何も教えてくれないのは、雷魔法はともかく、魔法剣を使う才能がないからなんじゃ……。

ハルが手紙を見せてきた。

「？　これは？？」

「エルミアからだよ。『ぼっちは廃教会に来た？　来たら、必ず保護!!!』だって」

「なっ⁉　だ、誰がぼっちよっ！　あ、あの似非メイドっ!!」

私はこの場にいない、白髪ハーフエルフに悪態を吐く。……もう。

ハルが楽しそうに笑う。

「ふふふ。レベッカ、エルミアはね、君が妹弟子になったのが嬉しくて仕方ないんだよ。ここ数年、僕は新しい教え子を取っていなかったし。あの子は、案外と寂しがり屋で甘やかすのも好きだからね」

「ふ、ふ〜ん……そ、そうなの……。わ、私は、まだ正式に弟子になったつもりはない、けどね」

突然の告白にどぎまぎする。あの白髪少女は……こんな私をずっと見てくれていた。

ハルが私に向き直る。

「ここ数日、君と話をしてきて大分理解出来たよ。端的に言おう、レベッカ」

「う、うん」

黒髪の青年が私を見た。

けれどその視線は決して厳しいものではなく……とても温かい。

『この程度の雷魔法すら起動出来ぬとは……。レベッカ、以後、お前は雷魔法の練習をせずとも良い』

血の繋がっている筈の父親が私へぶつけてきた、壊れた玩具を見るかのような冷たい視線を思い出す。

ハルはあっさりと告げた。

「やっぱり――君には雷属性に対する天賦の才がある。魔法剣はまだまだ早いけれど、何れ覚えられるよ」

「嘘よ。だって……見て？」

手を青年につきつけ魔力を込める。

雷を起こそうとしても……何も、何一つ生まれやしない。

ハルとの模擬戦の際――剣に雷の魔力が伝わって加速するのを感じた。

そこで感覚を掴めた気がしたのにっ！　この前のはまぐれだったんだろうか……。

私は肩を落とす。

「……ほら、小さな紫電すら私は生み出せない。まして、実戦で使える雷魔法なんて……」

　ここ数日、何度も内庭で雷魔法を試してみた。でも……一切、動かず。昔と同じ。

　ハルが私と視線を合わせた。

「レベッカ、焦ってはいけないよ。君はあと少し……本当にあと少しで雷魔法を使えるようになる。僕には分かる。何故なら」

「……育成者、だからでしょう？　雷魔法については分かった。魔法剣は？」

　黒髪の青年は大袈裟に両手を掲げた。

「物事には段階があるんだ。まずはその属性魔法を使えるようにならないと話にならない。そして、親和性も重要なんだ。見ていてごらん」

　ハルは懐から二本の短剣を取り出し、目の前にある花の枝へ振り下ろした。

　白黒の弧が同時に走り、二本の枝が落ちる。

……え？

　い、い、今のって、光と闇の魔法剣!?

　呆然とする私を他所にハルは、枝を拾い、切り口を見せた。

　闇の方は、切断面が恐ろしく綺麗だが、光の方はそれよりもやや粗いように見える。

「と、このように、親和性が低い属性での魔法剣は、無理矢理発動させても劣るものになってしまう。そして、君の場合、最も親和性が高いのは、炎じゃなくて雷属性なんだ」

……この人、やっぱり凄い。

前回の模擬戦では雷の魔法剣を使っていたし、これで三属性だ。信じられない。

黒髪の青年へ問う。

「……炎で魔法剣は出来ないの？」

「出来ないね。少なくとも今の君じゃ」

私は俯く。

「……はっきり言ってくれるじゃない」

「レベッカの将来が懸かっているからね。君は階段を上らないといけない。それが――」

「今、というわけね。分かったわ。でも、そんなには待てないわよ？」

早く強くならないと……あいつが、父が私を追って来るだろう。

あの男は冒険者じゃないけれど階位にすると第四階位。魔法剣をも使いこなす。

私はあいつが、私を捜し出すまでに、あいつよりも強くなっていないといけない。

そうじゃないと……私は手を握りしめる。

すると、ハルは私の前で膝をつき、手を優しく握った。

こ、これ……ま、まるで、騎士がお姫様に忠誠を誓うみたいな……。

どぎまぎしていると、声をかけられる。

「レベッカ、もう一度、雷魔法を使ってみておくれ」

「え、ええ……」

私からも握り返して、紫電を起こそうと試みる。

……でも、駄目。何の変化もなし。

私は自分に失望し、目の前で微笑んでいる青年を見た。

「……もう、いいかしら？」

「うん。ありがとう。確信出来たよ」

「？　え？？」

ハルが立ち上がり、私の頭に手を翳した。

――髪の毛が立ちあがる感触。

こ、これって……雷魔法の影響？

ハルは眼鏡を直しながら、私へ告げた。

「極微量だけどもう発動はしているよ。レベッカ――君は雷魔法を使えるんだ」

「…………っ」

息を呑む。……私が雷魔法を使える？

硬直する私へ黒髪の青年は穏やかに言った。

「堅苦しく考える必要はないよ。君は大丈夫。少なくとも、エルミアよりも甘えん坊じゃなさそうだしね。何しろ、あの子と初めて会った時は……あんまり、思い出したくないな……」

ハルはわざとらしく泣いた振りをする。ここ数日で見慣れてしまった光景だ。

私は軽口に付き合ってあげる。

「……あんたも苦労してるのね。で？　それって、何年前なの？」

この青年が外見通りだとは全く思っていない。

でも――そんなのはどうでもいい。

ハルは私をちゃんと見てくれている。今のところ、それで十二分だ。

青年が肩を竦めた。

「さぁ？　忘れたよ。ほら？　人は辛い思い出を忘却する生き物だからね」

「そうね～」

「……レベッカが早くも、僕への対応が冷たくなりつつあって、悲しいよ。ああ、そうだ」

「？　どうしたの？」

ハルは演技を止め、枝から花を取り、私の前髪につけた。

「！　ち、ちょっと!?　に、にゃにを」

「レベッカ――明日は僕とパーティを組んで、郊外で魔獣を狩ろう」

「――……ふぇっ？」

　ポカンと、ハルを見つめてしまう。

　あ、えっと、こういう時は、何て答えればいいんだっけ？

　言葉は出て来ず、前髪の花に触れた後――恐る恐る、頷く。

「良し！　決定だ。朝食はここで食べよう。楽しみにしといて。夕食も食べておいきよ。今晩は腕によりをかけるからね」

＊

「パ、パーティですか？　レベッカさんが？？　男の人とふ、二人で!?」

　翌朝の冒険者ギルドでジゼルが発した第一声には、強い疑問が含まれていた。

余程驚いたのか、立ち上がった拍子に、長く綺麗な茶髪が跳びはねる。

……何だかとても恥ずかしい。

両腕を組み、顔を背けながら取り繕うように弁明する。

「わ、私だって、誰かと組む時くらいあるわよ。今回はこいつが『どうしても組んでほしい』って言うから仕方なく、そう仕方なく組むだけ！」

「は、はぁ……いやでも」

「何よ？」

「冒険者登録がない人とパーティを組むのは、ギルドとしてちょっと……」

「……あんた登録してないの？」

私達のやり取りを、後ろから楽しそうに眺めていたハルを睨みつける。

それにしても……自分から誘っておきながらいきなり問題発生だなんて、喧嘩を売っているのかしらね。

黒髪の青年は何時もの微笑みを崩さず、眼鏡の位置を直した。

「抜かりはないよ。はい、えっと」

「ジゼルです。レベッカさんをこの二年間、担当させてもらっています」

「ああ、君が。よろしく。僕の名前はハル。これを見てくれるかな」

ハルはそう言って折りたたんだ紙を手渡した。

「何ですか？　えーと何々？　え？　…………う、嘘っ⁉」

ジゼルは訝し気にそれを受け取り、読み――途端、顔を引き攣らせた。

……また何か常識外れの代物ね。

ジゼルは沈黙していたが、やがておずおずとハルへ尋ねた。

「…………貴方、何者なんですか？」

「それに答えちゃうと少しばかり長くなるかな。エルミアに聞けば答えてくれるかもしれないよ。今度、聞いてごらん。さて、僕がレベッカと組むのに何か問題があるかな？」

「…………」

少女は再び沈黙したが、暫くして、大きく息を吐き頷いた。

「……分かりました。パーティ申請を承認します。た・だ・し！　レベッカさんに手を出したら許しませんから！」

少女はハルへ、びしっ、と右手の人差し指を突き付けた。

「君はいい子だね」

ハルが笑みを深め、楽しそうに答える。パーティを組む問題は解決されたらしい。

……あの紙が何かは知らないでおこう。心臓に悪いだけだし。

ジゼルは次いで、私へ宣言した。

「大丈夫です！　レベッカさん!!　貴女は私が守りますっ!!　こんな、こんな、得体のしれない男の人なんかには、渡せませんっ!!!」

「な、何の話よっ！」

私は声が上ずるのを覚えつつ、突っ込む。

すると、すぐさまハルが悪い顔になった。

「ふっふっふっ……言ってくれるじゃないかっ……でも、そうはいかないっ！　レベッカはもう僕のものだっ!!　この数日、冒険者ギルドへ来なかったのは何故だと思う？」

「なっ!?　ま、まさか……そ、そんなっ！？！！！」

ジゼルは愕然。ガクガク、と身体を震わせ目を見開いた。

額に手を置き、止める。

「……あんた達、そのへんにしておきなさいよ？　ジゼル、何もないわ。ただ、休んでいただけだから」

「「え～」」

ハルとジゼルは同時に声を出した。……この二人、厄介だわ。

呆れているとジゼルが真面目な顔になり、私に聞いてきた。

「それで……レベッカさん、この人、何者なんですか？」

「あんたが噂してた当の本人よ」

「……はぁ？」

ポカンとし、私とハルの顔をまじまじと見る。

「…………ほんとですか？」

「ええ」

「……エルミア先輩の妄言が本当だったなんて。つまり毎回、寝言で『――はもう少し、私を大事に――』とか言っていた人が、実在していた⁉　わ、私は、女の子として、先輩に先を越されていた、と！？！！　う、嘘ですっ！　こ、これは何かの間違いですっ！」

ジゼルは愕然とし、台上に突っ伏した。

……その気持ち、少しだけ分からなくもないけど、エルミアは黙っていれば美少女よ？

私達の会話を聞いていたハルが尋ねてきた。

「ふむ……。その話、詳しく聞かせてくれないかな？　仕事中にもしや寝ている？　あの子が迷惑をかけているようなら、僕からよく言い聞かせるよ」

途端にジゼルは復活し両手を強く握りしめ、訴えてきた。

「是非！　あ……だけどですね。先輩は、きちんと自分の仕事は全てこなされています。

あと、私達のミスも助けてくださっていますので……その、あ、あまり怒らないであげてくださいね？」

私とハルは思わず顔を見合わせ、ほんわかする。

「……貴女」「近年、稀に見るいい子だねぇ」

「？？？　え、えっと？」

わたわたする年上の少女。エルミアが可愛がってるのはこういうところなのかしら。

生暖かい視線を振り払うかのように、ジゼルは強引に話題を転換した。

「そ、それはそうと、レベッカさん――その白い軽鎧はどうしたんですか？　剣も違うみたいですね……」

「へっ？　あ、ああ、これは……その……そう！　何時も同じ装備じゃ飽きるでしょ。最近、停滞気味だから、気分転換も兼ねてよ」

痛いところを突かれた。

剣はともかく――今、私が装備している純白の軽鎧は、ハルから借り受けた物だ。

『大した物じゃないから、好きに使っていいよ』

……絶対、嘘。これ程、分かりやすい嘘を私は未だかつて知らない。

軽鎧の材質は何かの魔獣由来だとは思う。取りあえず、凄い物なのは装備するだけで理解出来る。

そして――この片手剣だ。

鞘は軽鎧と同じく純白で、よく見ると精緻な文様が施されている。剣身も同様。明らかに魔剣の類だろう。

担当窓口の追及が続く。

「……『愛用してる装備じゃないと不安』って、前に言ってましたよね？　私が、そろそろ換えた方がいいですよ、って言っても、換えてくださらなかったのに……」

横を向き、早口で説明する。

「た、偶には私だって、そうじゃない時もあるわよ！」

ジゼルは、胡乱気な様子で続けてきた。

「……ふ～ん。そうなんですねぇ～。あ、鎧の着心地と、それらを渡された時、どう思いましたか？」

「え？　すぐ身体に馴染んだし、嬉しか――ち、違うからっ！」

「…………ふ～ん。ふ～～～ん。はい、パーティ登録しました。依頼どうしますか？」

少女は私の反論も聞かず、手元の魔道具を素早く操作し尋ねてきた。

明らかに不機嫌なようだ。

ご、誤解されている！　このままじゃ、私の名誉が！

重ねて反論しようと口を開く――前にハルの手で塞がれた。

「むぐっ」

「装備に早く慣れてほしいし、少し手強い相手がいいね」

「……なら、これなんか如何です？」

ジゼルが用紙を見せてきた。

【長爪熊の討伐】

詳細を少女が説明してくれる。

「本来は第七階位以上、かつ四名以上のパーティ推奨なんですが、群れない単独行動。先輩のお知り合いならば二人でも大丈夫かと。こういう時にはうってつけです。ところで――レベッカさんの装備は貴方が？」

少女の瞳が妖し気な光を帯び、挑みかかるようにハルへ尋ねた。

「むぐっっ！」

「折角だし、僕と組んでいる間くらいは見栄えを気にしてもらおう、と思ってね」

「……装備品を白で統一した、その心は？」

ハルが重々しく、理由を説明する。

「レベッカには基本白だろう？　似合って可愛いし。もう少ししたら、黒系も取り入れても良いかもしれないけどね」

「むぐぅぅ!!!」

か、可愛いって……ひ、人前で、簡単に、い、言うなぁぁ！！！！

ジゼルは目を見開き、何度も何度も頷き、拳を握りしめながら同意してくる。

「分かります！　よくぞ……よくぞやってくれました!!　どうやら、私は貴方を少々誤解していたようです。レベッカさんったら、こんなに可愛いのに全然、服装とか髪型に気を配ってくれなくて。髪だって絶対長い方が似合うのに。あれ？　そう言えば――何か、花の匂いがするような？」

「むぐっっ～!!」

ま、まずいっ！　洗髪剤まで気づかれてしまうっ！

存外に勘の鋭いこの子だ。すぐに「あ……この匂い、エルミア先輩と同じ――」遅かったっ!!

――暫くからかわれ続けた後、ようやくハルが手を離したので、私は睨みつけた。

赤面しているのは自覚している。

「ねぇ……死にたいのかしら……？」

「んー？　レベッカは本当に可愛いね」

「ですよねっ！　ハルさん、よく御分かりでっ!!」

ジゼルがすぐさま賛同する。

私は腕組みをしながらそっぽを向く。

「か、からかわないでっ！」

「本当だから仕方ない。そうだよね？」

ジゼルにハルが話を振る。

「全面的に同意します！」

「……お。怒るわよっ！　本気の、本気だからねっ!!」

「はいはい、大丈夫だよ。嘘じゃないから。僕も髪は長い方が似合うと思うな。伸ばしてくれるなら、リボンも選ぶよ」

「ハルさん、本当に分かってらっしゃる！　その際は、私にもお声がけくださいねっ！」

「覚えておくよ」

「………………」

ジゼルが差し出してきた依頼書を無言でひったくる。

そして、ハルの手を引き戦略的撤退を選択。

カウンターの中から、少女が手を振っている。

「お気をつけて～。お土産話、期待してまーす」

「ないわよっ！」

ジゼルへ言い返しながら、冒険者ギルドの外へ向かう。

出ようとする際、野卑な男とすれ違った。こいつ等、確かダイソンの仲間の魔法士だ。

一瞬、私を物色する目つき。……気持ち悪い。

ハルが「ふむ？　夜盗崩れかな。隠れていたのも――」と呟くのが聞こえた。誰か隠れていた？

疑問に思いつつも、出た後、気を取り直し黒髪の青年を横目に睨む。

けれど――優しく笑うハル。

何でこいつはこうなんだろう。……怒ってる私がバカみたいだ。

「それで、どうするの？　長爪熊だけ狙いで動く？」

「そうしようか。実戦でのレベッカの実力を見たいしね」

「当然よ」

「ちゃんと美味しい昼食も用意してるよ。頑張って」

「……楽しみにしとくわ」

今朝の朝食も美味しかったし、きっと昼食も期待を裏切らないだろう。

……出会って数日なのにもう大分毒された。今日でもっと毒される予感。

そして、それは決して嫌じゃなくて、むしろ――わ、私、何を考えて！

振り払うように青年へ宣言する。


「私の実力を見て驚くといいわ！」

ジゼル

レベッカさんがハルさんの手を、自分から取って冒険者ギルドを出て行かれた後、私は多幸感に包まれていました。

怒ってるように装っていましたが……傍目には、初めてのデートに浮かれる女の子にしか見えません！

流石はエルミア先輩の関係者です。

普段は先輩以外とは関わろうとされないレベッカさんを、こんな短時間で懐かせるなんて……！　その手並み、ただ者じゃありません。

しかもあの装備。分かってらっしゃいます。

白を基調とした軽鎧は細かい部分にも超絶技巧な刺繍や細工が施されていて華奢なレベッカさんに似合い過ぎ！　ただでさえ整っている外見を引き立てて魅力倍増です！

ハルさんが隣にいたせいか、何時もは分厚く張っている『私に近寄るな』障壁も大分薄らいでいました。

普段からああなら、パーティも組みやすいと思うんですけど。

そう言えば、さっき、ちらちら、と男の冒険者さん達が見ていましたね。

まったくレベッカさんの魅力に気付くのが遅すぎます。もう手遅れです、きっと。

はぁ……初めて会った時には業務内容以外、一言も口をきいてくれず、ほんの少しの日常会話をしてくれるようになるまで半年近くかかった、あのレベッカさんが……あそこまで可愛らしい姿を私に見せてくれるなんて！

今日は本当に良き日です。ハルさんに感謝を。

確かレベッカさんは『小箱と封筒を廃教会に置いてきた』と言っていたんですが、見事に騙されました。

まぁ、良いです。さっきの彼女はとても可愛かったですし。

帰って来られたら、楽しい話を聞かせてもらいましょう。

それにしても、本当にいたんですねぇ。

ハルさんが【育成者さん】なのかは不明ですし、噂通りとは思いませんけど。

……一般人ではないですね。

私は先程渡された紙を、もう一度確認します。


——金印が押され一筆。『この紙を持ちし者を帝国皇帝として信任する』

偽物かと思いましたが、私の《鑑定》スキルでは間違いなく本物です。

紛れもなく、前皇帝陛下の信任状。

エルミア先輩のこともよく知っているようでしたし……深く関わらない方が良さそうではあります。

でもでも、レベッカさんが懐かれてますし……うう、私はどうすればぁぁ。

——その時、私は粘つく視線を感じました。

顔は向けずにこっそりと取り出した手鏡で、周囲の様子を探ります。

私だって、仮にも冒険者ギルドの職員。荒事や厄介事には慣れっこなのです。

——見えました。

柱の裏に隠れ、此方を窺っている金属鎧をつけた大男は……第八階位のダイソン。それに仲間の魔法士です。

二人共、黒い噂ともめ事の多い人物で、つい最近は大規模討伐参加禁止処分を受け、ギルドの要監視対象になったはずです。私に興味を？

訝し気に思いつつ、今朝届いた郵便物を仕分けしていきます。

えーっと……あ。

「先輩だ」

届いていた手紙は帝国東方出張中のエルミア先輩からのものでした。

裏には『飛竜』の赤印が押されています。

……最速の赤飛竜便を使ってまで、あの先輩が送ってきた？

何だか嫌な予感がします。

階段上から、ぽてぽて、と歩く音と共に小型犬くらいの背丈で、立派な白鬚をたくわえられ、背中に透明な一対の羽を持たれているご老人が階段を下りて来られました。

「支部長！」

「ん？　おお、ジゼル君か。どうかしたのかね？」

「……此方へ」

支部長が飛翔され、私へ近づいてきたので、そっと、先輩の手紙を見せます。

「……これを」

「………」

黙り込み、支部長は顔を歪めました。

「嫌な……嫌な予感がする……」

どうやら、認識は同じのようです。

支部長は手紙を持ち、強引に話題を変えました。

「そう言えば……レベッカ君は此処に顔を出したのかね？」

「あ、はい。先程。パーティを組まれまして」

「ほぉ！　珍しいこともあるものだ。獲物は何かね？」

「長爪熊です」

支部長が困惑した顔になられます。

「？　『迷い』かね？　長爪熊が帝国西方に出るとは聞いた記憶もない」

「そこまでは……。ですが、ここ数日でかなりの数が目撃されています。単体とは考えにくいと思います」

「むむむ……少し変——……まさか！」

「？　どうかされたんですか？？」

「…………」

思案顔になった支部長は私の問いかけに答えられず、羽を動かし、二階の執務室へ戻って行かれます。

やがて、バタンと扉が閉まる音が響きました。

……いったい、何が？

ほぼ同時にダイソン達が動き出し、ギルド会館から出ていくのが、視界の隅に見えました。

……嫌な予感が強くなります。

レベッカさん、大丈夫でしょうか。

ダイソン

ギルド会館を出た俺達は大通りを少し進んだ後、人気のない路地へ入り、置いてあった空き木箱に腰かけた。先程の出来事を思い返す。

あの、ギルド職員……確かレベッカの担当窓口で、ジゼル、と言いやがったか。支部長との会話で油断しやがったな。

『長爪熊です』

《聞き耳》スキルはこういう時、役に立つ。

だが……レベッカと一緒にいた忌々しい黒髪優男の正体については分からなかった。

記憶にある限り、あの小娘が今まで冒険者の男と二人きりだったことはない。

精々、あの、ロイドの糞野郎くらいだろう。

……まして、パーティを組むだと？

この俺様——【剛力】のダイソン様直々のパーティ参加要請を、幾度となく断りやがったあの糞生意気なレベッカが？

腹の中からどす黒い感情が浮かび上がってくる。

畜生が。あの小娘は俺のだ。俺様が最初に見つけたんだ。

あれは——約二年前。

レベッカを初めて見た時、俺の心に強い衝動が湧き上がった。

『この女を自分のモノにしたい。跪かせたい』

帝国の某貴族の息子として生まれた俺は五年前、平民の女を犯して殺した。

理由なんぞ、そんな小さな出来事を覚えちゃいない。

俺からすれば、たかが平民の一匹や二匹、問題があるとはまるで思えなかった。

いずれは俺が領主になるのだから、領土内の全てが俺の物——当然、女もだ。

だが、俺の予想に反して父は激怒した。

『領主の息子が守るべき領民を殺めるとは……ダイソン、最早許せぬ！　貴様なぞ我が息子ではないっ!!　今すぐその首を刎ねたいところだが……せめてもの慈悲で命だけは助けてやる。二度と、我が領地に立ち入るな!!!』

勘当を宣告され、無理矢理屋敷を追い出された。

それからは流浪の日々。

生まれ持った《剛力》スキルがなかったらとっくの昔に死んでいただろう。

紆余曲折あり……辺境都市へ流れ着いた当時の俺には、とにかく先立つ物がなかった。

生きていくには金が必要不可欠。これは、勘当されて以降の経験で身に染みていたので、焦った。

手っ取り早く儲ける為に、一時やっていた盗賊でも再開するべきか、と本気で考えたが、盗賊狩り専門のクランに追われてしまえば、命が危うい。

——考えた末、俺は冒険者となることを決めた。

三年間の放浪生活で腕には覚えがあったし、《剛力》スキルと辺境都市へ辿り着くまでに身に着けたスキルもある。

あの父に告発する勇気などないだろうし、盗賊だったこともバレてはいまい。

そして、登録に出向いた冒険者ギルドで、俺はあの女——レベッカと出会ったのだ。

今でこそ、多少は女らしくなったが、当時の奴（やつ）は目つきと態度がとにかく悪い餓鬼（がき）。誰（だれ）も、あいつに女を感じてなどいやしなかっただろう。

が、この俺だけは気付いていた。

『この女は何（いず）れとんでもない宝石になる』

以来、俺はこの辺境都市にいる誰よりもあの女を観察してきた。

あいつがいなければ、こんなド田舎（いなか）に固執（こしゅう）することなく、もっと金が稼（かせ）げる迷都（めいと）にでも行っていただろう。

——レベッカが、俺を蔑（さげす）んでいるのは分かっていた。

常に俺より先に階位を上っていき、ギルドからも何くれとなく贔屓（ひいき）を受ける。

パーティを組んだり、クラン入りこそしていないが、中堅（ちゅうけん）・ベテランの冒険者達からも常に注目を集め。それでいて、本人はまるで気にした様子もない。

本当に……本当に、気に食わない女だ。

だからこそ、俺はあいつを自分のモノに——。

「なぁ、ダイソン」

「――ああっ！」

「ち、ちょっ。な、何でいきり立ってんだよ？」

むしゃくしゃしている俺に声をかけてきたのは、パーティに所属している魔法士の男だった。攻撃魔法と回復魔法をどちらも使うから重宝している。

名前は……正直、覚えちゃいない。

話していればすぐに分かるが、こいつは平民出。俺が拾ってやらなければパーティも組めず、野垂れ死んでいただろう。

所詮、俺とは格が違い過ぎるのだ。こうしてパーティメンバーに加えてやっているのは、慈悲深く高貴な俺様だからこそ。

ま、使える内は使ってやろう。勿論、壊れたら捨てるがな。代わりは幾らでもいる。

魔法士の男は薄汚れた頭を掻きながら、俺様に問うてきた。

「で、どうするんだ？……レベッカを犯るのか？　熟れ初めだが、確かにいい女になってきたな。お前さんが御執心なのもようやく分かったぜ」

卑しい顔だ。これだけでも生まれが分かるというもの。

だが、頷けることもある。

——先程、冒険者ギルドを出た後、レベッカと優男の後をつけさせていた、パーティメンバーと合流し、観察した。

優男は陽の光の下で見ても、知らない顔だった。

帝国には異民族の連中が、大量に入り込んでいるが、黒髪は極めて珍しい。

恰好からすると、魔法士。だが……まるで冒険者らしくなかった。

男も気になるが……それよりもレベッカ。新品らしい純白の軽鎧を着ている。腰に下げている片手剣も同様。ぼさぼさの短い髪も整え、光り輝いていた。

それだけのことがあいつを恐ろしく際立たせ、周囲の連中も目を奪われている。

当の本人は、隣の男と楽しそうに話をしていて、気付いていないようだが……。

目を付けた頃から美しくなると確信していた。その女が今、正に開花しようとしている。

湧き上がってきたのは——憤怒。

あれは俺のモノだ！　そんなのは決まり切っている。

——何かが俺の中で疼き、そして囁いた。

『あの女が今すぐ欲しい』

俺は魔法士へ低い声で命じる。

「……おい、つけさせている他の二人を呼んで、レベッカ達の行き先を聞いてこい」

「犯るんだな？　へへ……そうこなくっちゃなぁ」

ニヤニヤしながら男が歩き始める。

……不快極まる。これだから、下賤の輩は。

しかし、器が大きい俺はそんな有象無象にも慈悲をくれてやろう。

当然、俺が飽きた後でだが。宣言する。

「レベッカを今日──俺のモノにしてやる」

レベッカ

「うん、大体分かったよ」

ハルがそう拍手しつつ言ったのは、辺境都市の近隣に広がる草原地帯で、最後の小鬼を剣で倒した後だった。

小鬼の死体は、ハルが行きがけに拾った小枝を振るう度に土へ還ってゆく。どういう原理なのよ……。

私がたった今倒した小鬼も消えた。残ったのは怪物達が体内に蓄えていた魔石だけ。

この小ささじゃギルドに引き取ってもらっても、大した金額にはならないだろう。

長爪熊を狙って目撃情報がある辺境都市近くの森林地帯に分け入った私達だったが、未だに遭遇していなかった。

時折、大木が力任せに折られてはいたものの、ハル曰く『これは違うね。長爪熊はこんな風には木を折らない。むしろ、これはへし折っている。何かに使ったのか？』と首を傾げていた。別の魔獣がいるんだろうか？

そうこうしている内に、森林を抜けた先の草原で小鬼の群れを発見。

数も十頭足らず。雑兵ばかりだったので、装備に慣らす意味もあり炎魔法で先制奇襲。

私一人で殲滅した、というわけだ。

……決して、いいとこを見せたかったわけじゃない。

なお、剣の切れ味は凄まじく、小鬼が装備していた、棍棒、盾、鎧等がまるで存在しないかのようだった。

私は血を振り払い、剣を鞘に収めると、わざと不機嫌そうに尋ねる。

「何が分かったのよ？」

「レベッカは、第一階位――もしくはそれ以上になれるってことがさ」

「……なっ⁉」

一気に、頬が染まっていくのを自覚する。

い、いきなり、何を言って……。

私は悟られないように腕組みをすると、ぷいっと、横を向く。

「あ、あんたに認められても、嬉しくないわ」

「照れなくてもいいのに」

「照れてなんかないっ！」

睨みつけるが、ハルの笑みは崩れない。

ダメだ——話していると調子が狂う。私だけ、むきになってるのが馬鹿みたいだ。

黒髪の青年が私の評価を続ける。

「君の剣技はとても良い。模擬戦の時も感じたけれど、コツコツと毎日努力を積み上げてきたのがよく分かる。僕が大好きな剣技だ」

「…………っ」

どうしよう、こんなの、こんなの反則だ。不意打ち過ぎる。

——心の底から喜びがこみ上げてくる。凄く嬉しい！

この二年間、必死に魔法だけじゃなく剣技を磨いてきた。

……そうしなければ、生きていけなかったから。

王国に残って人形みたいに生きていくなんて今考えてもゾッとするし、冒険者になったのを後悔はしていない。

けど、その道程は険しくて、何度挫折しそうになったか分からない。

心が折れそうになって、宿屋で泣いたことだってある。

帝国出身ではなかった私には心から頼れる人など誰一人としていなかったし、まして、面と向かって褒めてくれる人なんていなかったから。

——信じられるのは自分自身と磨き続けてきた剣技、そして得意とする炎魔法のみ。

それを認めてもらえた。私を見てくれた。

やばい。ちょっと泣きそう……。

ハルは私へ告げた。

「それだけ積み上げてきているんだ。今、魔法剣に手を出す必要はまったくない。君なら時期がくれば必ず使えるようになる。確約するよ。昨日も言ったけど、それまでは雷魔法を重点的に磨いた方がいい」

「…………雷魔法は使えない、って言ったし、見せたわよね？」

「萌芽しつつあるのをね。後は君のやる気だけだ」

ハルが私の目をまっすぐ見た。

——いつも通り嘘をついている様子はない。

会った時と同じように優しくとても温かい眼差しのままだ。

その瞬間、私は今まで閉じ込めていた想いが、錆び付いた瓶の蓋が開いたかのように零れだしてきた。

俯き、呟く。

「……私に雷魔法の才能があるなら、こんな所にいなかったわ。今頃、王国騎士団にでも所属していたわよ……」

——王国貴族の中でも、雷魔法で名を轟かせ、とにかく上昇志向が強かった父。

子供達にも雷魔法が発現することを、強く期待しているのは幼心にも分かっていた。

そして、それは大部分において叶った。兄妹達には、強い雷魔法の才が発現したのだ。

私にだけ素養がない、との報を受けた時、父が見せた表情と、言われた言葉は今でも忘れられない。

『レベッカ……お前には失望した。今後、剣も魔法も鍛錬せずとも良い』

けれど……私は頑張った、頑張ったのだ。

兄達に剣術で勝ち、魔法でも唯一才がある、と女神教の教会で託宣された炎魔法をただひたすらに磨き続け、妹にも負けなかった。

だけど——

「父も兄達も……結局は妹だって、誰も、誰も、雷魔法が使えない私を見ようとはしなかった。挙句、十三歳で政略結婚せよ、よ？　兄達や妹達は魔法学校へ通わせて……私は二回り上の男と結婚して、すぐにでも子供を産め……？　それじゃあ……私は、私って、何の為に生まれてきたの………？」

鬱積していた感情が溢れ、涙で視界が滲んだ。

こんなに泣いたのは、母さんが亡くなった時以来かもしれない。

「レベッカ」

優しい声が耳朶を打った。

涙を拭い恐る恐る振り返り、ハルを見る。

——優しく穏やかな笑顔。きっとわざとな軽い口調。

「大変だったね。でも大丈夫さ」

「……なんで、そんなこと、分かるのよ」

「僕と出会ったからね。今までの子達も誰一人として不幸せには——……多分してない、安全と信頼の実績だよ？」

「……信じていいか迷うわね」

「あれ？　そうかい？　なら……普段はしないんだけど、特別に。もうすぐだったのは間違いないし。まぁ、良しとしようか」

よく分からないことを呟きつつ、ハルが手を出してきた。

私は大きな手をまじまじと見つめ、手を握る。早口で言い訳。

「か、勘違いしないでよ？　べ、別にあんたに心を開いた訳じゃないんだからねっ！」

すると、ハルから極々微量な魔力を感じた。

!?　こ、これって……。

「分かるかい？」

「え、ええ」

「これが分かるなら、君の潜在的な力は思っている以上に強い。普通は素養があっても、萌芽の段階ではまず感知出来ないから。自信を持っていい。レベッカは、僕や、君が思っている以上に凄い子だ」

そう言うと、今度はさっきよりも少し強い魔力反応を感じる。

――はっきりと分かる。これは魔法の初期鼓動。

ハルがそっと、手を離した。

はっきりとした感覚が残っている。

「どうかな？　コツはこれで摑めると思うけど」

「……何なのよ、あんたは、一体……」

――あれ程、私を苦しめていた雷魔法、それが私の手の中に顕在していた。

＊

古代において、人族は魔法を使えなかった。

龍や悪魔、その他の魔獣が跋扈し、エルフやドワーフ、妖精といった魔法を既に使いこなしていた種族がいる世界で、弱小な私達の祖先はただ怯えて暮らしていたのだ。

――魔法をその手に得るまでは。

誰がそれを初めて手に入れたのかについて、歴史は沈黙を保ったままだ。

けれど、様々な伝承や神話、昔話といった形で、世界各地で『魔法伝承』は無数に語り継がれている。

それらに共通しているのが魔法を直接手渡されていることだ。

王国なら女神。帝国では……何だったかしら？　そう言えば、この国で魔法伝承を聞いた記憶がない。

何であれ、人が得た最初の魔法は、何処かの誰かから受け取った贈り物だったらしい。

——例えば、今、私の手の中にあるコレのように。

ハルが私を称賛してくれる。

「一回で成功するなんてね。これまた、思った以上だよ」

「……質問に答えなさい。あんたは何者なの？　こんなことが出来るなんて」

「あり得ない？　でも、大丈夫。僕は普通の育成者さ。神様でも、龍でも、悪魔でも、得体の知れない存在でもないからね」

目線を握っている右手に落とす。そこには、間違いなく魔法が存在している。

躊躇いがちに、問う。

「……これは《魔力譲渡》でしょう？　歴史上、数人しか確認されていない。成功例は、殆ど絶滅状態の魔女や魔人、しかも、極々稀な例だった筈よ」

——魔法を手に入れた人族は、少しずつ、けれど、着実にその勢力を拡大していった。

無論、龍や悪魔、年老いた魔獣が圧倒的とも言える戦闘能力を持っているのは間違いなく、比較対象にすらならない。

エルフやドワーフ、妖精には、人に勝る魔力と魔法に対する知識の蓄積がある。

それでも……数の暴力は多くの場合において有効だったのだ。

怯えるだけの生活を脱し、余裕が出来てくれば過去に目を向ける人物も現れる。

魔法を手に入れる切っ掛けを研究し始めるのは必然だったのかもしれない。

数世紀に亘って各国で様々な研究が行われ、そして――その全てが頓挫した。

今では、《魔力譲渡》は不可能の代名詞と化している。

私もそう思っていた。……目の前で見せられるまでは。

ハルへ強い疑問をぶつける。

「他者へ自分の魔力を渡す、言うだけなら確かに簡単ね。けれど、人の性格がそれぞれ違うように、魔力もまたそれぞれ違う。そして、全てを同調させないと《魔力譲渡》は成功しない。全てを同じになんて、出来る筈ない」

「うん、そうだね」

「……なのに、あんたは私に魔力を渡したっていうの？」

分かっている。これは現実だ。たった数日の付き合いとはいえ、ハルは私をからかっても、嘘は言わない。絶対に言わない。

黒髪の青年は小首を傾げ、眼鏡を直し少しだけ困った表情。

「驚いてくれるのは嬉しいんだけど、さっきの戦闘で炎魔法を使っているのを見ていたし、微量ならそう難しくないんだけどなぁ……」

「──っ」

ハルが苦笑しながら告げた台詞に絶句する。

確かにさっきの戦闘で炎魔法は使った。

けれど、奇襲の初撃だけだ。

──僅か一回。

それだけで、女神教会が無条件で奇跡認定している事を成し遂げたと？

強く、ハルの手を握りしめる。

そこにあるのは間違いない、あれ程焦がれた雷魔法の波動。

勿論、いきなり実戦で使える水準ではない。

でも……こんな簡単に手に入るものだったの？　私の努力は無駄だったの？

「何か勘違いをしているみたいだけど」

私が沈黙してしまったのを見たハルは、何故か嬉しそうに声をかけてくる。

「君の努力は全く無駄になってない。確かに子供の頃は使えなかったかもしれない。でも、今なら問題なく使えるんだ。僕が後押しをしなくても、必ず使えるようになっていた。何故だか分かるかい？」

顔を伏せ、拗ねる。

「……分からないわよ、そんなの。使ったことがないんだもの。当たり前でしょう？」

「ふふ、拗ねない。単純な話だよ。子供の頃の君じゃ潜在的な素養を使いこなせなかったんだ。薬や魔法陣等を使って無理矢理発現させていれば——こうして僕と話していない。暴発させて死んでたよ」

「!?」

「だけど、本当はあまり向いていなかった炎魔法を磨き続けた結果、それを使うだけの素地が磨き上げられた。よくここまで努力したね」

「……ほ、褒めても何も出ないわよ？」

不意打ちはやめてほしい。

さっきから、嬉しくなったり、過去を話してしまったり、無条件に褒められてまた嬉しくなったり——こいつの前だと私はおかしくなる。

強くならなきゃいけなかった。そうしないと、誰にも見てもらえないと思ったから。

けど、強くなっても見てもらえやしなかった。それは、とても、辛(つら)くて、悲しくて、寂(さび)しくて……私は、ずっと、ずっと誰かに認めて、言ってほしかったのだ。

『お前は頑張っている』と。

ハルは私が欲(ほっ)していた言葉をくれる。

……油断していると、心に染(し)み込んできてしまう。

そしたらもう――。

湧(わ)き上がってきた考えを振(ふ)り払(はら)うように、首を横に振る。よし、大丈夫。

手を離し、ハルの目を見る。

「そ、それで、これからどうするのよ？　まだ長爪熊(ちょうそうくま)を追うの？」

「そうだね。追いつつ目ぼしい獲物(えもの)がいたら練習しようか。レベッカも使ってみたいだろう？　初めての雷魔法(かみなりまほう)を」

「…………」

「あれ？　試(ため)したくないの？」

「あ、あんたが」「どうしても、君が使ってるところを見たいな」「…………」

黒髪の青年が眼鏡の奥の目を細め、笑う。

「ハ、ハル！　まだ、最後まで言ってないわよ」

「レベッカは本当に愛らしいね」

もうっ！

今日何度目か分からない頬の紅潮を自覚する。

だけど……俯き、たどたどしく御礼を言う。

「その……あ、ありがと……」

青年は目を瞬かせ、笑む。は、恥ずかしい……。

誤魔化すように歩き出したところ——突然、腕を掴まれ、強引に引き寄せられる。

へっ？

「ち、ちょっと！」

あ、思ったよりも、腕が筋肉質で胸が硬い。

ハルも、男の人なんだ……じゃなくてっ！

いきなり、さっきまで私がいた位置に発動した魔法が消失した。

こ、これって……。

ハルを見上げると、少しだけ怖い表情をしていた。

「初手に麻痺魔法とは、芸がないね。ずっとつけていたろう？」

「……気が付いていやがったか」

聞き知った野卑な声に、思考が一気に鎮静化した。

――私が最も聞きたくない声の一つ。

「レベッカを拘束してから、その目の前で料理してやるつもりだったのによぉ。予定が狂ったぜ。まぁいい。結果は同じだ」

茂みからダイソンと仲間達が出てきた。数は三人。

ダイソンは双斧士。他は剣と盾装備の剣士と、槍士。全員近接戦の間合いだ。

唇を噛む。ここまで接近されるなんて。油断していたとしかいいようがない。

「どうせ男は殺る。そして、レベッカ――お前は俺のモノだ。随分と浮かれてたみたいじゃねぇか。いつものお前なら、こんな簡単にここまで近づけなかっただろうなぁ」

ダイソンが嘲笑し、他の二人もにやにやと笑う。

私の身体を舐め回すような視線に怖気が走る。

剣を抜き放つ私をハルが手で制し、目配せ。

小枝を振りながら、青年はダイソンに問いを発した。

「ちょっと聞くけれど、君達は長爪熊を見たかな？」

「はぁ？　てめえ、何を言ってやがるんだ？　この状況を理解してねぇのか？　今更、そんなことを気にしてどうする。どうせてめえはここで死ぬんだよ」

「理解はしているよ」

ハルは平然と答え両手を軽く上げ、ダイソン達を見やる。

吹雪を思わせる極寒の口調。

「三人とも殺人・強姦・強盗・詐欺、その他諸々やってきたみたいだしね。よくもまぁ、バレなかったもの、と感心する。悪運は相当だ」

『!?』

「犯罪者なのに冒険者をやれているのは、今の登録制度が罰則について後追いだからかな？　うん、これは改善しないと。けど、どっちみち」

ハルが氷の微笑をダイソン達へと向けた。

私に対してのそれとは全く異なり温かさは皆無。まるで……塵芥を見るようだ。

「何れ野垂れ死んでいただろうけど」

「て、てめぇ……！」

「例えば君は生まれ持った《剛力》頼みなのが見え見え。辺境都市では辛うじて生き残れても、迷都や西都、まして帝都に行っていたら……とうの昔に地面の下だったろう。前言を撤回するよ。とんでもなく悪運が強いね。レベッカ、彼の階位は？」

「……私と同じ、第八階位だけど」

同じ、という言葉を口にするのを躊躇いつつ、答える。

すると、ハルは大袈裟に身体を仰け反らせた。

「第八階位⁉　よくそこまで上がれたねっ！　――ああ、なるほど、大規模討滅に参加しておこぼれを盗んだり、他パーティが弱らせた魔獣を横取りして、上げたのか。要領の良さは褒めてあげよう」

「………殺す」

そう言うとダイソンは両腰から二挺の片手斧を抜き放った。

隣の二人もそれぞれ剣と槍を構える。

――危機的状況な筈だけど、私の意識はむしろハルにあった。

どうして見ただけで他人のスキルや、鑑定石でも見えず、女神教の高位司祭しか分からない人の罪が分かったの？

ハルが殺気立つダイソンへ肩を竦めてみせた。

「残念だけど、君達じゃ僕は殺せないし、レベッカ一人でも楽勝だよ？」

「そういう口は俺様の一撃を受けてから言うんだなっ‼」

ダイソンが猛然と襲い掛かってくる。指呼の間。普通の魔法士なら不利過ぎる。

だけど――私は奇妙なまでに安心していた。

ハルへ向けて、確実に命を奪いにきている、強烈な片手斧の一撃が振り下ろされ——

「⁉」

「《剛力》持ちでも鍛錬してないとこんなものかな？　折角の先天スキルが泣いてるね」

「なっ……て、てめえは……い、一体何者だっ⁉」

片手斧はハルの前面で粉々に砕け散っていた。

初めて会った時、私の一撃を止めた魔力障壁だ。目に見えないくらいに薄いそれが、数十は張り巡らされている。

唖然としながらもダイソンが後退し、怒鳴った。

対照的に、たった今襲われた黒髪の青年は小枝を肩へ。

「僕かい？　しがない育成者だよ。さて、もう抵抗はいいのかな？」

「育成者、だと……？　ふ、ふざけるなっ！　な、何、ぼさっとしてやがる、お前達もやれ‼　やっちまえ‼!」

ダイソンが激高する
茫然としていた二人も我に返り、顔に殺意と恐怖を張り付かせ、剣と槍を構えた。

私も片手剣を抜き放つ。普段、ダイソン相手に感じている恐怖感はない。

直後——さっき、ダイソン達が出てきた後方の奥の茂みから魔力反応。さっき、隠れて麻痺魔法を使ってきた魔法士！

初歩攻撃魔法である炎矢が数本向かってくるが、此方に届く遥か以前にまたしても消失した。

ハルは、近所に買い物へ行くような気楽さで声をかけてくる。

「レベッカ、スキル頼みの愚か者は任すよ。君の敵じゃないし適当に畳んでしまっておくれ。殺しちゃ駄目だからね？　残りの三名は僕がしよう」

「……簡単に言うわね」

「あいつが第八階位なら、君はとうに第五階位だよ。何しろ、僕に両手を使わせた子なんだから」

ハルはそう断言した。剣士と槍士が怒号する。

「て、てめぇっ！」「舐めるんじゃねぇっ！」

二人がハル目掛けて突撃してきた。茂みの中からは再度、十数本の炎矢が殺到。

けれど、黒髪の青年は魔法を魔法障壁で打ち消し、二人の前衛を小枝であしらいつつ、私から離れて行く。格がはっきりと違う。

男達の顔には絶望が浮かんでいる。まったく心配はいらないだろう。

私は視線を予備の斧を手にしているダイソンへ向け、相対する。

「……覚悟はいいかしら？」

「調子に乗るな、レベッカ！　前々から思っていたんだよぉ。お前をぶちのめしたいってなぁ。その後は――滅茶苦茶に犯してやるっ!!!」

「…………あんたの戯言に付き合うのは、もううんざりなのよっ」

吐き捨てるように言い放つ。心底気持ち悪い。

剣を更に強く握りしめ、魔力を活性化させる。

こいつは典型的な前衛。

《剛力》スキル持ちだから、身体強化魔法を使用しても、力では敵わないだろう。

だけど、速度と魔法は絶対に私が上。

何度かこいつが戦っているところを見たけれど、力任せに両斧を振るうだけ。魔法も使っていなかった。

そんな相手に……恐怖感がなければ、一対一で負けるとは思わない。

先手必勝！

牽制代わりに剣の切っ先に炎槍を複数発動し、解き放つ。同時に草原を疾走し、間合いを詰める。

ダイソンの鎧中央に仕込まれた赤石が輝き、炎を無効化。火傷すらしない。

「無駄だ！　俺様の魔法にお前の炎は通じ――」

「魔法だけに注意を取られるなんて余裕ね？」

「っっっっ!?」

あっさりと間合いを詰める。

――たった一度きりのハルとの模擬戦で、私は強くなっている。

ダイソンが慌てた様子で、咄嗟に振り下ろしてきた右手の片手斧を斬り飛ばす。

鋼鉄製だろう刃の部分があっさりと両断され、乾いた音と共に空中を飛翔。返す刃で、更に左手の片手斧も切り裂く。

自分の優位を確信していた大男の表情が、信じられない、という風に驚愕に歪む。剣を首元に突きつける。

「……終わりね。大人しくすれば命だけは取らないであげる」

「こ、こんな馬鹿な……こ、この、お、俺様が……こうも簡単に……て、てめぇなんかに、負けるわけがっ」

「あんた、本当に第八階位なの？　接近戦と魔法、その両方を同時に対処するなんて第十階位より上なら当然だと思うけど？」

冷ややかに疑問を呈する。

魔力の流れもまるで感じなかったし、前衛職の基本たる身体強化魔法や、多少の攻撃魔法を防御したり、緩和したりする、風・土・水の初級魔法すら使えないみたいだ。

これでよく、生き残ってきたものだと思う。

ハルが言った通り、悪運だけは強いらしい。

ダイソンが身体を怒りで震わせ、私に向かって歯軋りする。

「っぐっ……馬鹿な、馬鹿なっ。お、俺様は天才なんだ……魔法なんぞ使えなくとも、《剛力》さえあれば……」

「先天スキル持ちなんて、この世の中に掃いて捨てる程いるわよ。……さ、選びなさい。ここで死ぬか。ギルドに突き出されるかよ。私は魔法や武器を向けてくる相手に容赦しない。冒険者ギルドは、冒険者同士の公式な決闘は認めていても、一方的な強姦、殺害行為に対しては厳罰を科すわよ。二度とあんたは冒険者を名乗れなくなるでしょうね」

「な、な、な………」

黙り込むダイソン。この規則すらも知らなかったのだろう。ある意味、哀れね。

――ちらりと少し離れた岩の上にいるハルを確認する。

私の視線に気づくと、片目を瞑ってきた。

その前には剣士と槍士、隠れていた筈の魔法士までもが、鋼鉄の鎖で拘束されている。

三人共、武器、鎧の全てを砕かれ、鮮血が飛び散っている。意識もないようだ。

おそらくは、《鋼》魔法。

使い手は数多の冒険者の中でも、極少数の筈だけど……もう驚かなくなってきたわ。

この短時間で冒険者三人を、しかも私に、魔法を使ったことすら感知させずに鎮圧……なんてね。

ダイソンに向き直り、再度、冷たく尋ねる。

「で、どうするの？　素直に言うと――私はあんたの首を落としたくてしょうがないんだけど？　早く決めてくれないかしら？」

「……捕まるのも、殺されるのも、ごめんなんだよぉぉ！」

そう言うとダイソンは突然、腕を振った。飛び出してきたのは小型の短剣。仕込み武器！

剣で簡単に切り飛ばし――その隙に右腕を掴まれる。

「痛っ！」

「捕まえたぞぉ！　舐めやがって……今から滅茶苦茶にしてやる‼」

「誰が、あんたなんかにっ！」

「レベッカ」

ハルが私の名前を静かに呼んだ。それで自分が何をすればいいのかを理解する。

——左手に全力で魔法を展開。

ダイソンへ一切の手加減抜きで叩き込む！

「無駄だ！　お前の炎魔法は俺に絶対に通じ、っがぁぁぁっ！」

「……私はあんたと違って、こんな所で立ち止まるつもりはないのよ」

紫電が走り、耐火が施されている鎧を、私が初めて使った拙い雷魔法はあっさりと貫通した。

それだけで、意識を一瞬で刈り取りダイソンを呆気なく地面に倒す。

「あ……え、えっと……」

思考が大混乱。震えながら剣を鞘へ収め、魔法を放った手の平を見つめる。

——私、今、雷魔法を使ったの？　一族の誰にも期待されなかった私が⁉

ぎゅっ、と軽鎧の上から心臓を押さえつける。

はっきりと、分かるくらいに高鳴っていた。

私……私……私……！

何もない空中から、数本の鈍色の鎖が出現しダイソンに殺到、身柄を拘束した。ハルの

魔法だろう。

拍手の音が聞こえた。

「お見事。うん、やっぱり、そっちの魔法の方が君には似合っていると思うな」

「……ねぇ……本当に、本当に……私は、雷魔法を自力で操れるように、なると思う？」

声がみっともなく震えた。父親の失望した顔が脳裏をよぎる。

対して小さな眼鏡をかけている黒髪の青年は快活に断言する。

「当然！　君は何れ大陸に名を轟かせる雷術士になれる。でも、焦りは禁物だ。少しずつ慣らしていこう。なので……明日以降もパーティは続けようか。取りあえず今日はここまでにしようね。この愚か者達にも聞きたいことがあるし」

「聞きたいことって？」

「少し気になってね」

ハルが小枝を軽く振った。

すると廃教会の《扉》が突如として出現。触ってもいないのに開いた。

中は真っ暗で何も見えない。これも、魔法、なの？

青年はのびている剣士と槍士の首根っこを掴み、扉の中へ放り投げた。

続いて、気絶しているダイソンと隠れていた魔法士の男が浮遊。あっと言う間に呑み込まれる。

《扉》が音を立てて閉まり、消失。ハルが私の近くにやって来た。

「僕等の今日の獲物は長爪熊、だったよね？」

「え、ええ」

「なのに、見つけられなかった。さっきの四人組も、多分、遭遇してない。長爪熊はここら辺だと馴染はないだろうけど、それなりに強い魔獣なんだ。あの愚か者達が遭遇していれば、無傷じゃすまないくらいには」

「……所謂『迷い』なんじゃないの？　生息地から長距離移動する魔獣も、極稀にいるんでしょ？」

「そうだね」

ハルはあっさりと首肯。でも、瞳には珍しく憂慮が見える。

……違和感がある、と？

青年は軽く手を振った。

「ま、小難しいのはギルドに任せてしまおう。今日は、何しろ――レベッカのお祝いをしないといけないし」

「！　お、お祝いって、べ、別に、私は、そんなの……」

「食べたいケーキも作ってあげるよ？」

「！——……ショートケーキ」

「ふふふ、レベッカは本当に」

「な、何よ！」

頬を膨らませ睨みつけ——お互い同時に噴き出した。


——その晩、ハルが私の希望通り、夕食のデザートにショートケーキを出してくれたのは言うまでもない。

なお、ギルド会館にエルミアからの手紙が届いたようなのだけれど、内容は不明。

……本当はあの子にも『ありがとう』と言いたかったんだけど。

だから、私は目の前で、珈琲を飲むハルに尋ねてみる。

「——で？　エルミアは何処に行っているの？？　貴方なら知ってるんでしょう？」

「ん？　帝国東部みたいだよ。詳しくは僕も知らないよ。思いついたらすぐに行動するん
だよね、あの子は。まったく誰に似たんだか」

「そんなの——」

テーブルの上に頬杖をつき、青年へ笑いかける。

心の中は――この二年間で最も穏やかだ。

「何処かの育成者さんに似たんでしょ」

第3章

「う〜ん……」

「どうかしたの？」

ハルとのパーティ継続が決まり、ダイソン達をギルドに引き渡して早数日。

今朝もまた、すっかり馴染んできた廃教会を訪ねると、眼鏡をかけた黒髪の青年は戸棚を見ながら唸っていた。

朝食を作ってくれていたようでエプロン姿だ。布地の部分には、小さな子供が描いたような色々な動物達があしらわれている。

なお、今日も似非白髪メイドの姿は無し。

ジゼルにも何度か確認してみたけれど、一度、飛竜便で連絡が来て以降は音沙汰が無いようだ。

あの子が危機に陥っているのは想像出来ない。でも、連絡が無いのは気になる……。

　まぁ、ハルも『エルミアは心配いらないよ。僕よりも強いしね』と言っていたから……ちらり、と未だに唸っている青年を見やる。

　――よしっ。

　何が、よしっ、なのかは一旦、おくにせよ、よしっ！

　少し上機嫌になりつつ近付いて行く。彼が振り返った。

「ああ、おはよう、レベッカ」

「おはよう、ハル」

　笑顔で挨拶をしてくれたので、私も笑顔で挨拶を返す。

　それだけで、何だかとっても嬉しくなってしまうのは、私がソロを長くし過ぎたからなのかしら？

　で、でも、挨拶は礼儀よね？

　親しくなってきたからって、そういうのを忘れるのは駄目だって、色々な諺にもあるし？　小さい頃、母さんにも言われたし？　うん。

　自分自身に言い訳しつつ、戸棚を見る。

　奥には青色の大きな魔石。これで、食材が腐らないよう冷やしているのだ。

　帝国でも決して一般的な物じゃないだろうけど、考えてみればこれは便利だ。だって、食材の貯蔵期間を延ばせるんだもの。

問題は、普通ここまでの効果を発揮する良質な魔石を入手できない……倉庫に、たくさん転がっていたような……。

棚の中には肉、野菜、果物。その他、貯蔵品が詰められているたくさんの硝子瓶。最初に見た時よりも、明らかに生鮮品の数が減っていた。

ハルへ尋ねる。

「何か足りないの？」

「いいや。すぐに困るって程でもないんだけどね。最近は市場にも行ってなかったし、生物が少なくなってはきているかなって」

「ふ〜ん」

「レベッカ」

「ん〜？」

彼の横顔を眺めつつ、生返事。

ハルって、こうして見ると案外と整った顔立ちなのよね。

所謂、美男子じゃないのだけれど、性格の良さというか優しさが滲み出ていて、だけど、押しつけがましくない、というか。

辺境都市の男性冒険者の中には顔が整っていて、かつ、私よりも実力もある人もいるにはいるんだけど……今までまったく興味を持てなかったし、正直苦手だった。

『我がクランに君が加入すれば、より一層、成長出来る!!　僕と一緒に、高みを目指そうじゃないか！　さぁ、この手を取ってくれたまえ。共に進んでいこう！』と、毎回、勧誘されるのは、本当に面倒。あの人悪い人じゃないんだけど……落ち着かない。

ほとんど話してもいないのに、共に歩んで、とか言われても……。

ただ、これだけは確信出来る。

男の人は、容姿に秀でているよりも、優しくて、穏やかで、きちんと自分を見てくれて、強い人の方が――と考えていると、突然ハルが私のおでこを触った。

「ひゃっ」

「うん、大丈夫だね。呼びかけても、ニヤニヤするばかりで返事をしてくれないから、熱でもあるのかな？　と思ったよ」

「な、ないわよ。ぼ、冒険者として、体調管理は、基本中の基本、でしょ？　風邪なんか、ひいたことないし」

どぎまぎしながら、どうにか反論。

ニヤニヤ顔を見られた⁉

あと……私、そんな顔してたのっ⁉

取り繕いつつも、内心は大混乱。

似非メイドがいたら、間違いなくからかいの対象になっていたところだ。

ハルは卵や肉の加工品、新鮮な野菜を籠に入れると、戸棚を閉めた。

「少し待っておくれ。すぐ朝食にしよう」

「あ、ありがと。庭で食べる？」

「ん～そうだね。天気も良いし。準備、お願いしていいかな？」

「りょーかーい」

勝手知ったる何とやら、テーブル近くの棚から台拭きを取り出し、それを普段使っている椅子の上に放りなげる。

椅子を両手に持ち、花々が咲き誇る内庭へ。

蜜を求めて小鳥や、虫達がそこかしこに飛び回っている。

空気を吸い込むと、花のとても良い香り。浮き浮きしながら足を進める。

廃教会の中にこんな場所があるのを知ったら、きっと誰しもが驚くだろう。外観からは、絶対に想像出来ない。

……いや、多分、ここは違う場所？　なのかもしれない。

ハルがダイソン達を拘束した時に見せた謎の魔法。あれは、おそらく時空魔法。

遠く離れた場所へ一瞬で飛び行き来する、存在こそ確認されていても、使い手が極少ないことで有名な魔法だ。

まぁでも……

「ハルだし、ね」

私も大分、毒されてきたようだ。そう呟くだけで全部納得してしまう。

我ながらちょろい。

でも――この場所は心地よいし、そんな私も悪くない。

進んでいくと、すぐに目的の場所に辿り着く。

内庭のほぼ中央にある屋根付きのちょっとした場所。

中には代理石製の小さなテーブルが置かれていた。

私は台拭きでテーブルを拭き、椅子を二脚、丸テーブルを挟んで設置した。

これで、良しっと。

部屋に戻ると、肉が焼けるいい匂い。ますます、気分が高揚する。

戸棚を開け保管しているパンを数枚切って、籠に取ると少しだけ、黙考する。

周囲を見渡す。……誰もいないわよね？

いそいそと、鼻唄を歌いながら調理しているハルの隣へ立つ。

「パンも焼いた方が美味しいでしょ？　バター取ってくれる？」

「ん？　どうしたんだい、レベッカ」

ソワソワしているのを気取られないように、意識して平然とした受け答えをする。

設置されている炎の魔石上にフライパンを置きよく温め、バターを投入。さっき切ったパンを載せ、フォークで上から押さえ付けてひっくり返す。そして焦げ目がついてきたら、お皿に取る。

……良かった。子供の時以来だったけど、上手く出来た！

隣から、明るい声が漏れる。

「ふふふ」

「な、何よ？」

ハルが満面の笑みを浮かべて私に顔を向けてきた。そこにある感情は、心からの温かさと穏やかさ。それと、少しの切なさ。

「いや、ちょっといいなぁ、って思えてね。昔、育てた子達の中にも、僕が料理をしていると隣で一生懸命、手伝ってくれる子もいたから……懐かしくてね」

「わ、私のは料理と言えないわよ。単に焼いただけだもの。熱い内に食べましょう。そっちの具合はどう？」

「こっちも出来たよ。レベッカ、お皿を」

「うん」

ハルへ白いお皿を手渡すと、軽く頷いてくれた。私も軽く頷き返す。

あ……今の何だかとっても……。心の中に、温かいものが溢れてくる。

嬉しくなってしまい、自然と口笛を吹き始める。

こんな平穏でいいのかしら？　少し平和過ぎやしない？

「レベッカ、行くよー」

「あ、はーい」

朝食を摂りつつ、ハルとお喋り。

「ふ～ん……迷都ってそんな感じなのね。クランと冒険者の数が桁違いなだけで、こっちとそんなに変わらなそう。私、てっきりもっと――」

「もっと？」

「血で血を洗う、闇の闘争があるんだろうなって。ほら、階層の主？っていう怪物が二十階層毎に出現するんでしょう？　それを巡ってクラン同士の暗闘とか、腹の探り合いとか、下手すると、魔獣の群れを意図的に突っ込ませるとかっ！」

ちょっとだけお行儀悪いけど、両手にナイフとフォークを持ちながら力説する。

小さい頃、こっそりと読んだ迷宮物の小説には、よくそういう場面が書かれていた。

『……結局、一番恐ろしいのは、魔獣でも、階層の主でもない。人間だ！』

ドキドキしながら、ベッドの中で読んだわね。

眼鏡の青年が苦笑する。

「ん～残念ながら、そこまではないと思うよ。人同士の関係性だし、皆無とは断言出来ないけどね。迷宮には迷宮の不文律もあるし、それを破ってしまうと大変なのは、こっちとそう大差はないんじゃないかな。仮にあっても、向こうにはあの子達がいるし、最大限、事前に防止しているだろうし」

「？　あの子達？？」

お皿の上の腸詰をナイフで切るのを止め、顔を上げる。それって……肉汁が飛び出す。

青年は私の問いかけに答えず、焼いたパンをかじり、感嘆を漏らした。

「この焼き方、とても良いね」

「でしょう？　お世話になってる定食屋さんの親父さんに教えてもらったの。ロイドさんっていってね、丸刈りで一見、怖そう……元第三階位の凄腕だから、怖いのは事実なんだけど、凄くいい人で、あ、そこの娘さんも、とってもいい子なのっ！　カーラっていう名前で、そこのお店の名前にもなってて――ハル？」

「ん～？」

黒髪の青年は頬杖をつき、目を細めながら私を見ている。

「え、えっと……私の顔に何かついている？？」

「大丈夫、何もついてないよ。ただ」

「ただ？」

「今のが本来のレベッカなんだろうなって、思ってね。とっても嬉しくなったんだよ。そっちの君の方が、僕は良いなぁ」

慈愛に満ち溢れている眼差し。そこには負の感情は微塵もなし。

こういう時のこいつって、とても大人に見える。

数十年……ううん。数百年、生きて来たような雰囲気。

けど、私が今まで見たり出会ったりしてきたエルフやドワーフといった、長命種とは何処か違う。

もっと、こう……人間臭いというか、近しいというか……達観していない、というか。

とにかく、不思議と落ち着くのだ、こいつの顔を見ていると。

ぽ～、っと見ていて――我に返った。慌てて顔を伏せ、腸詰の解体を再開。

ナイフとフォークを動かすと、カチャカチャ、と音を立てる。

「………そ、そんなことないわよ。私は普段から、こうだし？」

「そういうことにしておこうか」

依然として顔は伏せたまま。けど……口元が何故だか、緩んでしまう。

こいつに出会ってから、私は変だ。

何でもない言葉が、嬉しくて、楽しくて、……でも、それが決して嫌じゃなくて、むしろ逆で。

この青年に会いに、朝から廃教会までやって来てしまうくらいには、今の状況を気に入ってしまっている自分がいる。

……宿に帰りたくないなぁ、とまで最近は思ってしまい、泊ってしまう日もあるし。

「レベッカ」

「！　な、何？」

名前を呼ばれて、びくり、とする。

目の前の白いカップに、ティーポットから紅茶が注がれていく。

「はい、どうぞ」

「あ、ありがと……」

お礼を言い、一口。珈琲もいいけど、紅茶もいい。

ハルは両眼を瞑り両手を軽く上げ、冗談めかして言った。

「君くらいの年頃なら悩んで当然。ゆっくり考えて決めるといいよ。溜め込んで、溜め込んで、最終的に暴発した挙句、安らかに寝ている僕へ魔弾を撃ってきたり、全力で広域魔法を放ってきたり、本気で斬りかかってこない限りは話を聞くからね」

大袈裟な仕草に噴き出す。

でも、エルミアとかならやりそう。容易に想像つくわね。

あの子なりの甘えなんだろうけど、ハルに宥められすぐさま鎮圧されてそうだし。

折角なので付き合ってみる。

「あんたの教え子達って、そういう子しかいないわけ？　エルミアも怠け者なんだか、働き者なんだか分からないし、他にもそんな子がいるの？」

「う～ん……六、いや、七割くらいかな？　ほらっ！　三割も僕を純粋に慕ってくれている子達がいるんだ。これは中々凄いことだよ」

自信満々には程遠く、目が泳ぐ。

あえて、意地悪に追撃する。

「で、本当は？」

「……レベッカ、時に真実は、人に深い深い悲しみをもたらすんだ。僕は優しい嘘を信奉している、善良極まる一介の育成者なんだよ……」

ハルが唇を噛み締め、何かに耐えるように視線を落とす。身体は震え、目元には涙。手が込んでいるわね。

私が、じーっと見ていると、

「さて、ここで僕から提案があります」

青年は口調を改めた。

「もう小芝居は終わり？」

「……レベッカ、その言い方、エルミアに似てるよ？」

「なっ！」

私と、あの似非メイドの言い方が、に、似てるですってっ⁉

もし、万が一そうなら……ゆ、由々しき問題っ！　何が何でも是正しないとっ!!

一大衝撃を受ける私を他所に、ハルは話を続けた。

「この数日、散々狩りをしたし今日はお休みにしよう。雷魔法も大分、上達したろう？」

「でも……長爪熊には会えてないわよ？」

私達はダイソン達をギルドに突き出して以降も毎日、狩りに出たものの、結局、標的には出会えず。

それどころか……辺境都市周辺では代表的な魔獣の三眼猪にすら一頭も遭遇しなかった。

辺境都市に流れ着いて以来、初めての経験だ。

結局、狩れたのは初日の小鬼を除くと、とにかく数だけはいる豚鬼の雑兵と、やはり、数だけは多い大毒蜘蛛や魔王蟻だけ。

それらの魔獣にしても、小鬼や豚鬼の熟練兵や指揮官級は一体もおらず、蜘蛛や蟻にしても幼生体のみ。

ギルド側にお願いしておいたダイソン達への尋問でも、ハルの予想通り、有益な情報は持っていなかったらしい。他の冒険者達も違和感を覚えているみたいで、近々、周辺地帯全域の大規模調査依頼が出るようだ。

青年は首を大きく振った。

「ここまで探して出会えないのなら、もうこの一帯にはいないさ。移動したか、別の魔獣に狩られたか……」

「じゃあ、どうするの？」

カップを置き、広い内庭を眺める。

雷魔法を実戦で試したい気持ちは強いけど、以前程の焦燥感はない。

たとえ、数値的には成長していなくても、違う面で、自分が成長出来ているのを実感してるし。

ハルの言う通り、ゆっくりしてもいいかも——青年があっさりと告げてきた。

「食材も少なくなってきたし、今日はそれの補充がてら、ぶらりとしよう。二人で」

……へっ？

それって、それって、デート!?

ジゼル

その日、ギルド会館にやって来て、受付の番号札を受け取られたレベッカさんは、かつ

てないほど、こう……ぽわぽわ、でした。それ以外に表現のしようがありません。

普段は可愛さよりも、凛々しさと他人に対する警戒心が表に出ている方なんですが、待ち合い用ソファに座りながら、心ここにあらずという感じで、時折、虚空を眺めては微笑を浮かべています。

そしてそんな自分に気づくやいなや、首をぶんぶん振っては何事かを呟かれていて……

うぅ、何を言っているのでしょうか？　私、気になります。

でもこういう時、役立つんですよね～★　私の《聞き耳》スキルって。

「……違う。こ、こ、これは、違うんだからっ。あ、あくまでもっ、これは……」

？　聞こえたものの内容はよく分かりません。はっきりと分かるのは——

照れているレベッカさんが可愛過ぎるということだけです！

ようやく見慣れてきた純白の軽鎧姿。雰囲気も何処となく柔らかくなってきたせいか、目を引きます。ギルド会館内にいる冒険者さん達も気になっているみたいです。

今日は最近一緒の黒髪眼鏡さん——ハルさんはいません。

……珍しい。

廃教会へお遣いに行ってもらって、まだ数日しか経っていないのですが、それ以降、レベッカさんは、あの謎な青年にとても懐いていらっしゃいます。

ここ数日なんて、連日二人きりでパーティを組まれてっ！

幾ら言っても、聞き入れてくれなかったのに……いったい、どんな手を使って懐柔をっっ。私は未だ名前で呼んでもらえないのにあの方ときたら、あっさりと……！

納得出来ませんっ！　あまりにも公平性を欠きます。

しかし、あの方はレベッカさんの魅力を理解してくれている同志でもあります。大目に見ましょう。

で・す・がっ！

是非とも、レベッカさんと仲良くなる方法を私に詳しく教えて――……取り乱しました。いえ、とっても良い傾向だとは思っています。

ソロで一桁の階位どころか、十階位まで上る冒険者が滅多に出ないのは、それだけこの職業が危険と隣り合わせな為です。

パーティでなら多少の傷を負っても、仲間が助けてくれますが、ソロでは命取り。

ダイソン達に襲われた、と聞かされた時は、危うく心臓が止まりそうになりました。

「あ、あの……書けたんだが……」

少年の声が聞こえたのと同時に受付台の上に冒険者登録用紙が、おずおずと差し出されました。おっと、いけません。お仕事、お仕事。

見るからに緊張している目の前の少年に意識を戻します。

このあたりでは見たことがない珍しい服装ですね。

東国風？　髪も珍しい黒ですし。腰に差している武器も帝国ではまず見ない剣。確か……刀、でしたっけ。

「ありがとうございます。登録するので、少し待っていてくださいね。出来たらお呼びしますから、おかけになってお待ちください」

私は少年に微笑みかけます。

「あ、ああ」

そう言うと少年は、いまだ緊張しているのか、キョロキョロしながら、受付前に置かれているソファの奥側に向かって歩き出しました。とても初々しいですね。

えっと、何々……彼はまだ十三歳ですか。レベッカさんが辺境都市に来た時と同じ歳です。こうして年相応の子を見ると、彼女は大人びていた、と改めて思います。

――加えて、きちんと教育を受けられた家の出なんだな、とも。

帝国は他の列強と異なり、やや偏執的なまでに教育を重視しています。

『大崩壊』以後、約二百年続いた教育体制の国家的整備は、帝国に暮らす人間達を悉く、読み書きと、簡単な計算が出来るようにしてしまいました。

……が、それはこの国が少々おかしいだけ。

三列強の内、王国にも学校はありますがあくまでも貴族用。一般の方は余程、優秀じゃないと入学するのも至難だそうです。

商業が発達している同盟は王国程じゃありませんが、とにかく実学を重んじる傾向が強いらしく、多くの商人の子は親と一緒に幼い内から交易の旅に出ます。

結果、成功した商人となり、国政へ参画する方々でも読み書きが不得手な方は多く、代筆家を雇っている例は少なくないと聞きます。

列強と謳われる大国ですらその状況。他の小国では、もっと進んでいません。

帝国以外の冒険者ギルドでは、文字の読み書きが出来ない冒険者達への支援が、ギルド職員の大事な仕事になっているくらいです。

――レベッカさんは外見が王国人なのに、冒険者ギルドに来た当初から、読み書きは勿論、計算や、規則、地理、世界情勢にも相当詳しく、本当に驚きました。

一度、気軽に何処から来たのかを聞いてしまったために、数週間、まともに受け答えをしてもらえなかったのは黒歴史です。

以来、聞いたことはありませんが……私は、彼女が王国出身の、貴族の御嬢様なんじゃないか？ と推測しています。

そんなことをつらつら考えつつ、少年の書類を登録し終え、後方の上司の決裁待ちに。

呼び出し番号の札を進めると、当の彼女が窓口へやってきました。

「レベッカさん、おはようございます！」

「あ、ジゼル……おはよう。えへへ」

――電流が走りました。

え、えへ？ し、しかも、私の名前を呼んでくれた⁉

な、何ですか！ 何なんですかっ⁉ この可愛い生き物はっ‼︎

わ、私、担当になってから二年間、ずっとレベッカさんを見てきていますけど、こんな表情をしているの、見たことがありません。

い、いったい、彼女の身に何が……はっ！

「…………ハルさんですね？」

「！ ち、違っ。べ、べ、別に私は、あいつとなんて……ち、違うしっ！ そ、そんなのじゃないし？ こ、これは、その……」

ジト目を浮かべ指摘すると、レベッカさんの表情が劇的に変化しました。

言い訳のようでいて、本人の表情や雰囲気は砂糖まみれ。

両手の指を意味もなく弄りながら、ほんの少しだけ顔を伏せ、頰を赤らめているその姿たるや──私の審美眼に狂いはありませんでしたねっ！

ニマニマしながら挙動不審な美少女を眺めていると、ようやく気を持ち直されたのか、髪を軽くかき上げ、じろりと睨んできました。

御本人は凄まれているつもりなんでしょうけど……レベッカさん、今の貴女からは、甘さしか感じません！

「……で？　ダイソン達はどうなったわけ？　あ、あと、魔獣の情報っ。似非メイドからの連絡はないわよね？　何かあるなら、ハルへ──えへ」

「っ！」

再度、歓声をあげそうになったのを、どうにか自制します。

嗚呼……でもでも、レベッカさん、か～わ～い～い～♪

叶うならばこのまま、ずっと眺めていたいんですが、ギルド職員たるもの、どんな場面でも冷静沈着。更には女性である以上、優雅さを兼ね備えなくてはいけません。私、レベッカさんよりもお姉さんですし？

背筋を伸ばして報告します。

「ダイソン達の処分、決定しました。冒険者資格没収までは、一部上位冒険者さん達の中に慎重を期すべきだという意見があがりまして……無理でした。ごめんなさい。ただ、階位はそれぞれ五階位降格。罰金として一人金貨百枚が科せられました」

「……金貨百枚。あいつらに払えるの？」

大きくかぶりを振り、少し顔を顰め説明を継続します。

「……勿論、払えませんでしたので、以後、最低二年間は有力クランの監視下で不人気な依頼をこなしてもらい、都度支払い。また内半年はギルドの地下牢入りです。監視期間ですが、二年更新で再審査。その間、階位は上がりません。あちらからレベッカさんに接触をしてきた場合は原則、容赦なく強制収容。罪人として処されます。……金貨、レベッカさんへの賠償になるんですが、どうしますか？」

「……あいつの手垢のついた金貨なんていらないわよ。そっちで適当に使って。帝都の冒険者ギルド本部にも伝わってるの？」

レベッカさんの瞳に冷たさが宿り、吐き捨てられます。

処分に納得出来ないお気持ちは重々理解出来てしまいます。公的な決闘ならともかく、ギルド内の情報を盗み聞きした上で、強姦及び殺人未遂。弁護は一切出来ません。

……賠償金は規則なので受け取ってもらわないと困るんですけど。

「御報告済みです。御存じの通り、冒険者は、原則として冒険者ギルドが裁きますが、殺人やそれに類するものは別。支部長から伯爵閣下に御報告したところ、大変、憂慮されていました。……ダイソンは帝国某貴族の息子なんだそうです。五年前にも騒ぎを起こしたらしく貴族の間では有名だとか。叩けば、叩くほど、余罪も出てきそうで、支部長は頭を抱えられています」

「……別に興味ないわ。あいつが私の人生に二度と関わらなければ、どうだっていい」

「それは大丈夫です。冒険者を続けようが続けまいが、冒険者ギルドのある場所では、永久的にダイソン達は監視され続けます。レベッカさんに近づかせないよう、私も気を配りますし」

今回の事件が伝わるや、ただでさえ悪評しかなかったダイソン達の評判は、地に落ち、浮上するのは困難な状況に陥っています。二年間で心を入れ替えてもなお、彼等は実質終わったも同然。日々を生きていくのも困難でしょう。

冒険者ギルドは、冒険者が犯した犯罪情報を大陸全土にある支部で共有しています。

つまり、犯罪歴がある人物が他の地で挽回しようとしても、処分が終わり、ギルドが許可を出さない限り依頼を請けられません。

それを聞いた某国の実務担当者が卒倒したとか……。こんな仕組みを考え出した人物は記録に残っていませんが、きっと、頭の螺子が何本か緩んでいたのでしょう。

「あ、あの……まだですか――？」

急いでいらっしゃるのか先程の少年が窓口に戻ってきました。

そして、レベッカさんを見るなり、目を見開いてそのまま固まってしまったのです。

「？」

レベッカさんは困惑して、私に視線を向けてきます。

「その方は、今日、冒険者になられたばかりなんですよ。レベッカさんが可愛いので緊張しちゃったんですかね？　はい、お待たせしました。登録完了です、コマオウマルさん」

「あ、ありがとう、ございます……」

黒髪の少年は私が渡した第二十一階位を表す三つ葉の金属飾りを受け取ると、たどたどしく、頭を下げられました。

ですが、視線は私とレベッカさんをいったりきたりしています。いいんですよ、レベッカさんを見ても。

「ふ〜ん……ド新人、ね……。で、あいつと同じ黒髪……」

レベッカさんが呟かれました。あ、嫌な予感が。再度、私へ視線。

これでも、付き合いは長いので理解。右頬を指で掻きます。

本当はマズいんですよね、賠償金を本人以外に渡すの。

かと言って、受け取るのが嫌だと思う気持ちも分かりますし。う〜ん……困りました。

そんな私をほっぽり出し、レベッカさんは屈まれて、少年の身長に合わせました。

「ねぇ、貴方。辺境都市には出て来たばかりよね？」

「え？」

「即答！」

美少女剣士が一喝。冒険者の卵さんは直立不動で、しどろもどろに答えます。

「！　そ、そうだ。そ、それが、どうかしたか？」

「なら、お金にも苦労してるわよね？」

「う……そ、それは……」

少年は口ごもり、視線を下へ落としました。

身なりは決して貧相ではありませんが、身に着けている服は所々ほつれ、腰に下げている刀の鞘は傷だらけです。

レベッカさんが微笑まれ、少し道化じみた口調で続けられます。

「先輩として後輩に教えてあげる。冒険者になって最初に苦労するのは、一日一日、食べていくことよ。具体的には依頼をせっせとこなして、食費と宿代を稼ぐこと」

「わ、分かっている」

「いいえ、分かってないわ。一人分の食費を稼ぐのって、貴方が思ってる以上に大変なことなの。まして一人じゃね。ここで会ったのも縁。先輩として贈り物をしてあげたいんだけど、いけないかしら？」

「…………一人、ではない。だが、路銀に困っているのも事実、だ」

忠告が真実と察したのか、幾分、青褪めつつ少年は言葉を絞り出しました。

一人ではない、ということは、これから、仲間の方が集まってくるのでしょう。

それを聞いたレベッカさんは、穏やかに告げられます。

「そ。なら――ジゼル、さっきの賠償金はこの子に渡してあげて」

「う！　レ、レベッカさん……い、幾ら、なんでも見ず知らずの、しかも、なり立ての方にそういうことをするのは規則違反で……わ、私にも立場があってですね……」

私が全部を言い切る前でした。

ギルド会館の扉が音を立てて開くと、蒼の鎧を身に纏った騎士然とした男性が入ってきました。

ギルド内に溌剌とした男性の大声が響き渡ります。

「ん？　おお！　そこにいるのは、レベッカ嬢ではないか！」

「…………うわ」

露骨にレベッカさんが顔を引き攣らせました。

少年は訳が分からず右往左往。私は片目を瞑り、合図を送ります。

――今ですよ！

「！　あ……で、ではな」

「あ、ちょっとっ！」

止める間もなく、コマオウマルさんは離脱していかれます。動きは中々素早いですね。素質があるように思えます。

入れ替わりで、先程、大声を発せられた騎士風の男性――コールさんが近付いて来られました。

少々鬱陶しく感じられる肩までの見映えのする金髪と整った容姿。引き締まった長身と瞳には絶大なる自信が見て取れます。年齢は確か二十代前半。

わざわざ迷都から取り寄せた、と噂の蒼の魔鎧を身に纏い、腰にはこれまた、帝国北部の自治都市ラークで名高いドワーフの鍛冶職人に打たせた騎士剣を下げています。

鎧の表面や騎士剣の鞘や柄に、これでもか、と身体強化や耐性を増す魔石と細工が施されていて、羽振りが良いのが否でも理解出来ます。

大袈裟な仕草をしながら、コールさんはレベッカさんへ話しかけられました。

「やぁ、レベッカ。元気そうで安心した。この度は不運だったな。私がいれば貴女を守ってあげられたのだが……神はどうして私にその役割を与えなかったのかっ。しかし、ここで、会えたのも何かの縁。いや！　我が愛剣と、君の素晴らしい剣とが私達を引き合わせてくれたのだろうっ！　今日を記念して一緒にお茶へ行こうじゃないか！」

「…………はぁ？」

レベッカさんが戸惑った様子で私に目線を向けてきました。

「あは、あはは」

ここは、笑う他、手段がありません。

コールさんを押し留める努力はします。

「あの、コールさん……いきなり、そう誘われても、レベッカさんにも用事あると思いますし……」

「む……確かにそうだな。では、日を改めてどうだろうか？　そうだ！　魔法剣について聞きたがっていたな？　それを教授しよう！　無論、二人きりでだ！」

……冒険者ギルドの、しかも担当窓口の前で何をしているんでしょうか、この騎士様は？　あ、でも、レベッカさんからすれば魔法剣の情報は欲しいんじゃ？

コールさんは、辺境都市でも数えるほどしかいない魔法剣の使い手なんです。

けれど、私の予想に反し、レベッカさんはあっさりと断られました。

「……悪いけど、当分予定は空かないわ」

「では、空いたら必ず教えてくれたまえ。私は君を我がクランに勧誘することを諦めたわけではないんだ。強く、気高く、美しい――君のような剣士こそ、我がクラン、『蒼炎騎士団』に相応しい」

「…………」

レベッカさんが何とも言えない表情を浮かべ、遂に黙り込まれました。再度、私の顔を見ます。

あは、あはは……。

傍目からは、脈は一切ないと思うんですけど……上位冒険者になるにはこれくらいの精神的強さが必要なんでしょうか？

ただ、大勢の人がいるギルド会館内、しかも大声で叫ぶのはちょっと……。駆け出しの方達がびっくりされていますし。

少し困った方なんですが、辺境都市を拠点に活動する数少ないクラン『蒼炎騎士団』の若き団長さんでもあるので、無下にも出来ません。

女性、子供、老人には優しく、駆け出しの冒険者さん達の教導役を務めることも多く、パーティ間の諍いを治めたり、ギルドの難しい依頼も積極的にこなしてくれています。

実力も折り紙付きで、辺境都市内にいる冒険者としては最上位と言っていい第四階位。

確か双子のお兄さんがいて、冒険者の激戦区、迷都ラビリヤでもトップクランの一つとして名高い、『紅炎騎士団』を率いられていると聞いています。

コールさんがレベッカさんへ質問してきました。

「それにしても、レベッカ、君のその鎧は——そういえば、剣も違うようだ。何処で手に入れた物なのだ？　私の剣『誇り高きサンドラ』にも勝るとも劣らぬような、素晴らしい剣のようだが」

「……ちょっとね。じゃあ、ジゼル、賠償金の件はよろしく。エルミアから連絡が来たらすぐに報せて」

私はそそくさと窓口を後にするレベッカさんの背中に叫びます。

「あ、レベッカさん、まだ説明することが！」

「明日にでも聞くわー」

ひらひら、と手を振るレベッカさんは、あっという間に会館の外へ。もうっ！

「待ちたまえ！　レベッカ！」

「あぁ～、コールさん、お待ちを！」

そんなレベッカさんを追いかけようとされるコールさんの腕を、私は受付から身を乗り出して摑みました。

ここで止めなかったらレベッカさんに恨まれる予感が、こう……ひしひしと。

それに――真面目な話もしないといけません。

振り向かれた団長さんは、溜め息。

「……ジゼル嬢、私はレベッカに用があるのだが」

「クラン勧誘なら無駄です。彼女は難攻不落です。……ダイソンのことでお聞きしたいことがあります。貴方は階位剝奪に反対されましたよね？　何故ですか？」

ダイソン達の処罰は当初、階位剝奪の上、冒険者登録の抹消の流れが濃厚でした。何せあれだけのことを仕出かしたのです。

しかし――決定直前、『蒼炎騎士団』の反対により、緩和。身柄も同クラン預かりになった経緯があります。

……この方が、レベッカさんへの嫌がらせでそんなことをするとは思えません。

コールさんが表情を引き締められました。

「罪を犯したとはいえ、ダイソンは先天スキル持ち。その力が使われず朽ちるのは惜しい。

また、あくまでも未遂。一度は更生の機会を与えるのが騎士の路だと考えたのだ。それに、君も薄々勘づいていると思うが……我がクランは近い将来、拠点を迷都に移す。その為、多くの腕利きの団員がほしいんだ。ダイソン達が更生すれば使えなくもない。……迷都で好き勝手やっている兄に後れを取るわけにはいかないんだよ、私は」

騎士としての道義とお兄様への対抗心から、ですか……。

確かに、『紅炎騎士団』と言えば、帝国西部全体に名を轟かす有力クランではあります。そこの団長さんは、《大迷宮》百層の主討伐を主導するような、凄腕と聞いてはいます。が……釈然としません。

エルミア先輩の評を思い出します。『兄への対抗心が強過ぎる』

「……彼等はレベッカさんを、強姦しようとしたんですよ？」

「分かっている。分かっているとも。一報を聞いた時は、腸が煮えくり返った。ここだけの話、クラン内でも反対意見が大半だった。君は信じてくれないだろうが、私はレベッカを本気で欲している。あの美しさ、気高さ、これから、眩いばかりの光を放つ正しく原石だ。それでも、だ。奴等は私が管理すれば問題ない！　いざとなれば……私が斬る」

私は釈然としないながらも、渋々首肯し、伝言を告げました。

傲岸不遜な物言い。コールさんには絶対の自信がおありなのでしょう。

「……レベッカさんには絶対に会わせないでくださいね。その約束を守れないようなら、私は、貴方の監督不足を報告することを躊躇いません」

「無論だっ！」

「それでは――ギルド長がお待ちです。ここ最近の魔獣の異常行動について、お話ししたいことがある、と。他のクランの団長さん達もそろそろお集まりになると思います」

＊

ハルに指定された待ち合わせ場所は、北部に広がる旧市街入口にある、パン屋の前だった。

この都市で暮らして早二年。実は旧市街に足を踏み入れたことがなかったりする。

理由は至極簡単。生活の動線と一切重ならないからだ。

冒険者ギルドがあるのは、南部のほぼ中央だし。宿も同じく南部。

定食屋カーラがあるのは東部の路地裏で、武器、防具の手入れは西部。北部に行く用事が見当たらない。

あと、駆け出しの頃、ロイドさんに散々言われたのが効いている。

『旧市街は、レベッカ嬢ちゃんみたいに真っすぐな奴が行く所じゃねぇよ』

その約束を守ってきたのだ。

まさか、こんな形で破ることになるとは思わなかったけど……あいつも一緒——えへ。

何となく店の硝子を鏡にし、前髪を撫でつける。

寝癖はついてない。吹き出物もなし。よしっ。

小さな鈴の音と共に扉が開く音がした。出てきたのは、あ、あれ？

細長いパンが覗いている紙袋を抱えながら出てきたのは、私の待ち人である黒髪眼鏡の青年——ハルだった。

「レベッカ、後ろ髪が少し跳ねてるよ」

「えっ⁉　う、嘘。ちゃんと直してきたのに——……って、ねぇ？　出かけようかって、言っておきながら、女を待たせる男って、どうなのよ？」

後ろ髪に手をやり、からかわれたのに気付くとすぐさま青年を睨みつける。

ハルは私を見つめ、くすり、と笑う。

「ごめんごめん。一生懸命、髪を気にしている君が可愛らしくてついね」

「そ、そうやって、すぐに私をからかうんだから。しかも、一人で買い物しちゃうし……」

「パンだけだよ。さ、他の食材を買いに行こう！」

そう言った途端、紙袋が掻き消えた。

上位冒険者が必需品として携帯している道具袋――初歩的な時空魔法を用いて、多くの物を詰め込める魔道具を使った様子はない。私はハルに素直に聞いてみる。

「ね？　袋を消したのって、どうやったの？」

「レベッカ……その秘密は教えられないんだ。だけど、僕は龍でも悪魔でも、意地悪でもないからね。でも君が、僕希望の服を着てくれるというのなら教えても……」

「さ、行くわよ。私、旧市街って歩いたことないの。先導して！」

私は過剰な演技を始めたハルを制すると、両目を閉じて肩を竦めて言った。

すると、青年は俯き、肩を震わせて悲しそうに呟く。

「……日に日にレベッカが意地悪になっていって、僕はとてもとても悲しいよ。皆、そうやって大人の階段を上っていくんだとしてもね。一人くらいは、素直で、優しくて、純粋で、幼気な子がいてもいいと思うのに。どうしてか慣れてくると、みんな僕に意地悪するようになるんだ。……って、あれ？　来たことがなかったのかい？　なら、はい」

そう言いながら彼は、私になんの躊躇いもなく手を差し出してきた。

私は彼の手をまじまじと見る。

「………ね、ねぇ」

「旧市街は物騒と言えば物騒だからね。路地も入り組んでいるし、はぐれたら、初心者は例外なく迷子になる。泣きべそをかいているレベッカを見るのも一興だけど」

「な、泣かないわよっ！　も、もうっ」

知らんぷりをしつつ、手を握る。……温かい。

強引に話題転換。

「き、今日は何を買うの？」

「ん〜そうだねぇ。行き当たりばったり、かな？」

「……計画性ないわね」

「君とのんびり買い物に行きたかっただけだから」

「…………へっ？」

横を向いてハルの顔を見る。普段通りの微笑み。

頰が紅潮していくのをはっきりと自覚。足を蹴る。

「おっと」

「か、躱すなぁ！」

「ふ……レベッカ。この世の中は、君が思っている以上に非情なんだ。照れて、力が半減している女の子の蹴りを喰らう趣味を僕は持っていない」

「こ、この……外見は、喧嘩も出来なそうな学者風なくせにっ！」

「よく教え子達にもそう言われたよ。でも、学者になる程、賢くはないからね。最近は教え子達にも教えてもらってるんだ。この前も王国にいる子に調べ物をしてもらって色々と聞いたよ」

「……例えば、最近は？」

むすっ、としたふりをしながら、聞いてみる。

……少しだけ羨ましい。

ハルは手を顎にやり暫し逡巡すると、重々しく告げた。

「エルミアが拾ってきた、意地っ張りで将来有望な女の子ともっと仲良くなる方法かな？」

「はいはい。さ、今度こそ、案内して」

「……本当なのに」

黒髪眼鏡な青年は少し落ち込んだ様子を見せながらも、私の手を引き歩き出した。

――旧市街は確かに恐ろしく入り組んでいた。

これは一人で来たら間違いなく迷ったと思う。

通りには延々と無数の小さな店が立ち並び、活気に溢れている。

道はとにかく狭くて、馬車一台通るのがやっと。舗装されてはいるものの大分古く、割れ目も目立つ。

古い建物の上には無理矢理建てたのであろう、歪で簡素な増築物。すぐにでも倒壊しそうだけど、バランスを保って――少し揺れてない？

ハル曰く「地下もある建物も多いしね。地震があったら……幸運を祈ろうか」。

空中では、籠や箱を抱えた羽猫、羽犬や飛行蜥蜴が飛翔し、次々と店の中に吸い込まれていく。道がほぼ使えないので空中を搬入路にしているらしい。

上層の方を見ると縄で各建物が繋がれていて、縄の上を人が行き来している。

人族の子供ではなさそう。多分、獣人。身軽なことで知られている、鼠族や、栗鼠族、猫族かしら？

とにかく、何処を見ていても飽きない。

ただ、握っているハルの手を離したら、最初に注意された通り迷子になる可能性が極めて高そう。

――なので、移動する時、必要以上に強く握っているのに他意はない。

『ついでに雷魔法の練習もしようか？　展開・発動を繰り返しながら歩いてみよう』

と、ハルが言ったからであって、ほんとに、ほんとに他意はないのだ。

　そして、私を此処に連れて来た青年には、さっきから次々と声がかかっていた。

「げっ！　ハ、ハルじゃねぇかっ⁉　て、てめぇ、まだ生きてやがったのかっ！　な、何だよ？　き、き、今日は何もねぇぞ。……い、いや本当だ。う、う、嘘はつかねぇ。王国の珍しい珈琲豆なんか入って――はぁっ⁉　ま、待て。待てってっ！　どど、どうして、銅貨単位の仕入れ値まで把握してんだよっ！！！！」

「まぁまぁ、ハル様。お久しぶりですねぇ。毎回、毎回、いいところに来てくださるんだからっ！　ちょっとぉ、お時間よろしいですかぁ？　この闇の魔石なんですけどねぇ……本物かどうか鑑定していただきたくて――」

「……生きておったのか。まぁお主が死ぬとは思えんが。南方の香辛料一式だな。仕入れておく。新しい料理が出来たら試食をさせてもらおう」

　その人種は本当に多様。

人、エルフ、ドワーフ、獣人。さっき、背中に羽が生えている店主もいた。

あれがきっと妖精族ね。ハルに珈琲を値切られて泣いていたと思ったら、焼き菓子を渡された途端、飛び上がってダンスしていたし。

　周囲のそこかしこから、威勢のいいかけ声が聞こえてくる。

時折、大きな怒鳴り声や笑い声。稀に泣き声。

て、半泣きになっている。

店長さんだという栗鼠族の男性は大分前から打ちひしがれて、黒い瞳に大粒の涙を溜め

……多分、他の場所よりも幾分、苛酷だけど。主に店側にとって。

そして現在、眼前でも同じ光景が繰り広げられている。

剣や魔法はなくとも、ここはある意味で本物の『戦場』なのだ。

私よりもずっと年上な筈だけど、少し可愛らしいわね。

台に小さな手を打ち付けて、叫ぶ。

「ち、畜生っっ……分かったよっ。そっちの言い値で、全部持っていきやがれっ!!」

「ありがとう。あ、ついでにそっちの干した果物もオマケにつけてくれると、僕の口は、更に沈黙すると思うんだけどなぁ」

「ぐぐぐ……こ、この鬼畜眼鏡めっ！　お、お、お前なんか、お前なんかっ……龍神様の祟りに遭えばいいんだっ!!!　嗚呼……どうして、おいらは、よりにもよって、こんな悪魔が来る日に、南方産の珍しい乾物を大量に仕入れちまったんだ？　ここ最近は賽子もしねぇで、大人しくしてたってのによぉ……」

ハルは少し照れた表情を浮かべると、店の奥の天井からぶら下がっている干した果物を指さした。

「ふふふ。そんなに褒められても、手加減はしないよ。そっちの北方産柑橘類を干したのもよろしく」

「褒めてねぇぇぇぇ！　お、お前に慈悲ってもんはねぇのかよっ⁉」

小さな椅子の上に立って、必死にハルの脅迫——もとい、値切り交渉に抵抗していた店長さんは瞳に大粒の涙を浮かべながら魂の絶叫。程なく力なく項垂れた。

鬼畜で悪魔な眼鏡の黒髪青年は、大変満足気だ。

「レベッカ、お待たせ」

「……あんたって、本当に意地悪なのね」

私の台詞に反応したのか、店長さんはがばっと顔を上げると拳を振り上げた。

店長さんの私を見る瞳は、絶体絶命の危機に援軍の姿を見た兵士のそれのようだ。

「そうだろうっ！　そうだろうともさっ‼　そこの嬢ちゃんは、どうやら話が通じるみてえだなっ‼　こいつはなぁ……心底、ひってぇ奴なのさっ。けっ！　こんな、弱小乾物屋を虐めてな～にが、楽しいってんだかなっ！　なっ‼」

「おやぁ？　例の夜の話を奥さんにバラしてもいいんだね？」

私という援軍に力を得た店主は再起するも、ハルの反撃に瞬殺だった。

すぐさま自分の尻尾を抱えて丸くなり、白いハンカチを振った。

悲しい程に弱い。そんなに奥さんが怖いのかしら？

眼鏡の奥の瞳を意地悪そうに光らせた黒髪の青年は、次々と乾物を台の上に載せていき、堆い山を形成していく。

小さな椅子に腰かけつつ尋ねる。

「こんなに買って、何に使うの？」

「スープの素や、刻んで料理のスパイスにね。多いように見えるけど、お客さんが来たら、その分使うし。干した果物はお菓子用」

「……ふ～ん。ねぇ」

「明日にでも、お菓子は作ってあげるよ」

「……ありがと」

短い受け答え。でも、それだけで伝わる。お菓子、楽しみだわ。

ハルを呼ぶ、野太い大声がした。

「お！　そこにいるのは、引き籠りのハル殿かっ！　いい酒があるのだ。少し見てくれまいかっ！」

「ん？　あー……」

少し離れた酒瓶の印がついている店先で、頭に二本角を生やしている竜人が、ぶんぶん、左手を振っている。右手には大きな甕。

困った顔でハルが私を見た。仕方ないわね。手をひらひらさせる。

「行ってくれれば？　私はここで待ってるし」

「そうかい？　それじゃ、お言葉に甘えさせてもらおうかな。あ、移動しちゃ駄目だよ？

迷子になって泣きべそを――」

「いいから・早く・行け」

「……ほんと、エルミアに似てきたね」

苦笑しつつハルが呼ばれた方へ向かっていく。相手の竜人さんはここから見ても分かるくらい、嬉しそうだ。あと、似非メイドとは似てないっ！

――ハルはこの旧市街内において相当、顔が広いらしい。相手は年配の人達が多く、各店の店長さんばかり。昔話に花を咲かせていたし、やっぱり、人じゃないのかも？

付き合えば、付き合う程、謎が濃くなっていくわ。でも別に寿命が長かろうが、人じゃなかろうが、あいつはあいつだし、あんまり気にしないけど。

そんなことを考えていると、店長さんが小さな身体を台の上に投げ出しながら話しかけてきた。

「………で？　嬢ちゃんは、あいつの新しい教え子なのか？」

「！」

核心をいきなり突かれた。頭の中で、色々な想いが錯綜する。

どぎまぎしながらも、返す。

「私は、その……そう、です」

「そっか。まーおいらみたいな、木っ端乾物屋の店主が言うことじゃねぇんだが」

真っすぐな視線が私を貫く。

そこにあるのは純粋な好意。そして——紛れもない、畏怖と崇敬。

「……あいつが人なのか、悪魔なのか、龍なのか、はたまた、神様なのか、正直なところ、皆目、見当がつかねぇ。ただ、この界隈にいる古い連中で、あいつのことを知らねぇ奴はいねぇし、あいつに泣かされてない奴もいねぇ。…………同時に、字義通りの意味で命を助けられてねぇ奴、もな」

すとん、と納得がいった。

ハルなら、きっとそれくらいはやっているのだろう。ただ。

「一つ、教えてください。私もこの都市で冒険者をやらせてもらっていますが、ハルの話はつい最近まで聞いたことがありませんでした。ですが、皆さんは彼を知っていた。これは、いったい？」

「んなのは、簡単だ。よっと」

言いながら、立ち上がった店長さんは、ハルが築いた乾物の山を眺め——「……足りねえか」と一言。そしてぽいぽいと新しい乾物を投げて重ねていく。

崩れそうで崩れない、絶妙な均衡。

店長さんは目線を乾物に向けたまま、淡々と話を続ける。

「旧市街にいる連中ってのは基本、何の後ろ盾もねぇ下層民だ。腕っぷしに自信があったり、才長けてる奴は、帝国なら出世出来る路もあるにはあるが、ここにいる古い連中は、腕もなければ、才もねぇ。加えて、家族も金も……故郷にすら帰れねぇって奴が大半だ。当然、そんなおいら達に力を貸してくれる奴ぁ、いなかった。…………あいつ以外はな」

「…………」

膝上に置いた拳を握りしめる。

私には剣術と魔法があった。少しだけとはいえ、お金も。冒険者ギルドの力を借りることも出来た。

でも……気持ちは分かる。分かってしまう。

店長さんが、乾物の山を積み終えた。

「——あいつが何者なのかはここにいる奴全員、知らねぇよ。知ってるのは——あの白髪メイドの嬢ちゃんぐらいだろうさ。ただよ……ハルは、自分自身を宣伝して回るような奴じゃねぇのは知ってんだよ、おいら達だってな。だから、言わねぇのさ。いいかい、嬢ちゃん？　恩義ってのは血よりも濃いんだ、少なくともここでは、な。こんなもんだろ。……今の話と乾物を足したのは内緒だぜ？　バレたら、絶対に対価以上を払いやがる。しかも、使いやすいように銀貨や銅貨で。ほんとっ！　忌々しい奴なのさ、あのハルっていう奴ぁ」

こくり、と頷く。私も立ち上がり、深々と頭を下げる。

「教えていただきありがとうございました」

「いいってことよ。聞かれたのも初めてじゃねーしな。おいらは、あんたがどういう経緯で今の状態になってんのかは知らねぇし、興味もねぇ。ねぇ、が……嬢ちゃん、あんたは幸運だよ、間違いなく。女神様が亡くなられて、魔神もくたばって、龍神様も半ば見放したこんなどうしようもない世界で、それ以上の幸運を望むのは欲深すぎると思うぜ？」

「……はい」

見返りを求めない真摯な忠告。この人が言う通り、私は幸運なのだろう。

——結論は、大分前からもう出ている。

ハルになら全部を話してもきっと、きっと、大丈夫。

けど、同時にどうしようもなく怖くて、身が竦むのだ。人を信じぬくのは。

それでも……もう少し、もう少しで、私は……。

「ただいま」

「！　お、おかえりなさい」

「いやぁ、美味い酒を手に入れ――クレイ、うちのレベッカに何か言ったかい？」

珍しくハルが少しだけ真面目な声を発した。

私は慌てて否定する。

「言われてないわよっ！　あ、あと、うちのって何よっ！」

「い、言ってねぇっ！　こ、この尻尾に誓うっ！」

「ふ〜ん。なら、そういうことにしておこうか」

青年が指を鳴らした。すると乾物の山が消え、台の上には丸々と太った小袋が出現。お代らしい。ハルはそこに追加で硝子瓶を数本置いた。ワイン？？

店長さん――クレイという名前らしい――が怪訝そうに、小首を傾げた。

「こいつは？」

「胡桃のお酒だってさ。珍しいだろう？　何本か貰ったし、おすそわけだよ」

クレイさんは露骨に疑う顔になり、数歩後退した。

そして、近くにある細長い野菜の乾物を手に取り、先端を瓶にあてる。コツン。

「……罠か？　罠だよな？？　罠に違いないっ！　お前がこういうことをする時は、絶対に仕込みがあるもんなっ！　この前、置いていきやがった酒だって、一口飲んだら、ぶっ倒れるくらい、苦かったしなっ‼」

「酷いなぁ。この前のは『調子が悪い時、極々少量、水で薄めて飲むんだよ？　お酒というより、薬に近い物だから』って書いておいたろう？　小さく。これは、食後に飲むと胃がすっきりするそうだよ？　僕は旧友の胃を労っているのになぁ。善意を信じられなくなるなんて……クレイもすっかり汚れた大人になってしまったんだねぇ。昔はあんなに純粋無垢だったのに」

「だ・れ・の、せ・い・でっ！　俺の胃が痛くなったと思ってやがるんだっ！　ええっ⁉　何処ぞで育成者と嘯いて、引き籠っていやがる、鬼畜で悪魔で、眼鏡なんぞかけて、学者ぶってる男のせいだろうがっ⁉」

「ふふ、それも人生。これも人生じゃないか。楽しみなよ」

クレイさんは、わなわなと小さな手を握りしめると、尻尾も逆立てて威嚇してきた。

が、ハルは少しだけ諧謔の気配を漂わせ、あっさりと受け流す。

幾ら言っても、効果が無いことを悟った店長さんは腕を下ろし、確認。

「こ、こいつっ……はぁ……食後に飲めばいいんだな？」

「今度、感想を教えておくれ。美味しかったら、奥さんにもね」

「わーった、わーった」

店長さんは全面降伏し、大事そうに瓶と台の上の小袋を手に取った。

小袋に違和感でもあるのか「……おめぇな？」しきりに小首を傾げつつも、瓶を抱え店の奥へ引っ込んでいった。

ふさふさの大きな尻尾は右へ左へ。何だかんだ、楽しみにしているみたい。

ハルが私へ向き直った。

「よし、クレイもからかったし一通り買い終えた。レベッカ、次に行こうか」

「……あんた、暗い夜道は気を付けた方がいいわよ？　何時か刺されるから」

「その時は、君が助けてくれるんじゃないかな？」

「馬鹿ね。油断させておいて刺す。これって、古典的な暗殺とか、闇討ちの鉄則じゃない？　私を味方だと思わないことね！」

「大丈夫。レベッカは、そう言いつつも、結局は助けてくれる優しい子だって、僕は知ってるからね」

「ぐっ！　そ、そんなこと、な、ないし。……そ、それで？　次は何処へ行くのよ？？」

形勢不利。こういう時、まともにやりあってもこいつには勝てない。

……眼鏡の奥に、悪戯っ子のような光が灯る。

「クレイに僕の秘密を聞いたようだしね。あと、乾物が増えているのに、教えてくれなかったし。僕のことだけ知られるのは不公平だと思うんだ。物事は公平でないと、ね？」

＊

都市東部にある小さな通りの奥に、見慣れた看板――『定食屋カーラ』が見えて来た。

隣でやたらと楽しそうな青年に、何度目か分からないお伺いをたてる。

「ね、ねえ、ほ、本当に行くの？」

「勿論。レベッカの日頃の様子も聞きたいし、お腹も減ったろう？」

確かに。散々、歩き回ったせいか空腹感はかなり強い。

けど、けど……。

「し、食事だったら、廃教会に帰って、わ、私が作るわよ！　と、特別に食後の紅茶も淹れてあげるわ。そ、それで、いいでしょう？」

最大限の譲歩提案をする。

なお、私は自分でお茶を淹れたことがない。

実家では使用人が淹れてくれたし、冒険者になってからもそういう機会はなかった。

まぁ、カーラやロイドさんに会うのは良いのだ。ここ数日会っていないし。

けど……ちらり、と青年を見やる。

何となく、ふ、二人で行くのは、は、恥ずかしいっ！

すると願いが通じたのか、ハルは歩みを止め、私を見た。

「ん～確かにそれは魅力的な提案だね」

微かに希望の日が差す。

「で、でしょう？　だったら――」

「あ、やっぱり。レベッカさーん」

「！」

聞き慣れた、快活な少女の声が耳朶を打った。

嗚呼……そ、そんな……。カーラが、私に向かって大きく手を振っている。

「手を、振り返さなくて良いのかい？」

「……あんた、分かってるんでしょ？」

「さて、何のことかな？　ほら、行こう」

「ううぅ……」

手を引かれ、そのまま店先へ。

カーラが手を口に当て私をまじまじと見つめている。瞳には、某ギルド受付嬢に似た強い強い好奇心が浮かんでいる。

「わぁわぁ。レベッカさん♪」

「……カーラ、お願い。お願いだから、何も言わないで」

「え～♪　えっと」

「こんにちは、カーラ。大きくなったね」

ハルが手を伸ばし、少女の頭を優しく撫でる。……む。

――じゃなくてっ！　どうして、カーラのことを知ってるの？

当の少女も大きな瞳をぱちくり。

「？　わ、私のことを知ってるんですか？？」

「まぁね。僕は君のおしめだって替え――」

思いっきり足を蹴ろうとするも、躱される。

ジロリ、と睨みつけるも、表情に変化はなく微笑み。

「おっと。危ないなぁ」

「……率直に聞くわ。あんた、何歳なの？」

「レベッカ、ある程度歳を重ねると人は自分の年齢を忘れるんだ。僕は永遠の十代を」

「はいはい。もういいわ。諦めた。カーラ、お腹減ってるんだけど、大丈夫かしら？」

「え、あ、はーい。どうぞ！」

呆然と私達のやり取りを眺めていたカーラだったが、我に返ると席に案内し始めた。

私は促されるままにハルの手を引く。

「ほら、行くわよ」

「おや？　手はこのままでいいのかい？」

「？　――……い、今更でしょ」

私はハルとすっかり慣れてきたこの意地悪なやり取りを交わしながら、カーラの後を追った。

店内にお客さんはいなかった。

もうお昼ではないし、かといって夜でもない時間帯だから、仕方ないのかもしれない。

キッチン内では、ロイドさんが鍋を見ている。

「お父さん！　レベッカさんと——えっと、お名前は」

「ああ、名乗ってなかったね。僕の名前は」

「…………カーラ、そいつの名前なんぞ覚える必要はねぇ」

ロイドさんが愛娘を制した。声色は普段よりも少し低い。

鋭い視線を黒髪青年へ向けるも、当の本人には効果なし。

「やぁ、ロイド久しぶり」

「……生きてやがったか。とっとと死んでれば、この世界も多少は平和になっただろうに。

しぶとすぎるんじゃねぇのか？」

「相変わらず口が悪いなぁ。元気そうで何よりだよ」

「…………てめえもな。で、どうして嬢ちゃんと——聞くだけ時間の無駄だな。前に連れていた黒髪の嬢ちゃん達はどうした？」

「あの子達ならとっくの昔に巣立ったよ。もう、僕の庇護は必要ないさ。あの二人は最後まで仲良くなってくれなかったけど、それもまた、人なんだろう。さてと、何か食べさせてもらえるかい？　レベッカはお腹が空くと、僕の足を蹴る悪い癖が——」

「な、ないわよっ！」

思わず突っ込んでしまった。三人の視線が集中する。うぅ……。

手を放し、テーブル席へ座る。

「それじゃ、ロイド、よろしく。ああ、カーラ」

「は、はい！」

「僕の名前はハル。レベッカ共々よろしく」

「はい♪」

二人の間に和やかな空気が流れる。

カーラは人を見る目があるし、ハルに敵意とかがないことを理解したのだろう。

ロイドさんは、くるり、と背を向け調理を開始した。

ハルが向かい側に座ってきたので、私はわざと顔を背ける。我ながら子供っぽい。

「ごめんよ。君が可愛い反応をするから、ついね」

「……そうやって言えば、私が許すと思っているんでしょ？　残念でした。私には通じないわ」

嘘だ。だって、最初からそこまで怒ってなかったもの。

——あと『可愛い』はずるい。

顔を突き合わせたら、色々な感情が零れ落ちるのが目に見えているので、私は頑なに顔を横にしたままだ。

「……出来たぞ」

珍しくロイドさんが、自分で料理を運んできてくれた。

「わぁぁぁ」「おおー」

二人同時に、感嘆を漏らす。

テーブルに置かれたのは、それぞれ、十数種類の海鮮と野菜が丁寧に煮込まれているスープだった。

……初めて見たわ。

食べたことある人曰く『とにかく美味い』。

けれど中々、メニューには出てこない。それ故に人気があり、常連になっている私でさえ食べたことはなかった。どうやら、私の幸運は継続しているらしい。

そこにカーラが、ニコニコしながらパン籠を持ってきてくれた。

その時——

「！」

く～と私のお腹が鳴ってしまった。は、恥ずかしい。

「ロイド、腕を上げたね」

聞こえてなかった筈はないけれどハルは私をからかってこず、スープを口にし、キッチンへ戻ったロイドさんを純粋に称賛している。……こういうところも、やっぱり少しズルいと思う。

——黙々と二人で食事。

空腹もあってか、あっという間に空になり、二杯目。

ハルが「レベッカは本当に食べ方が綺麗だね」と褒めてくれる。そ、そうかしら？

三杯目は……スプーンを置く。

「おや？　もう、いいのかい？？」

「い、いい」

「そっか。ロイド、何か甘い物はあるかな？」

「………」

返答はなし。けど、太い腕が軽く動いた。

カーラが淹れてくれた珍しい東方のお茶を飲みつつ、意を決して聞いてみる。

「ねぇ」

「ん？」

「……あんたが何者なのか、とか、何歳なのか、そういうのはいいわ。雷魔法も使えるようになれたし、今更、疑うわけでもない」

茶碗を置き、姿勢を正す。

ハルと視線を真っすぐ合わせ、誰にも言えなかったことを告げる。

「理由は……その、まだ言えないけど……私は強くならなきゃいけないのよ。最低でも第四階位程度には。そして、今すぐにでも魔法剣を使えるようになりたいの！　だから……雷魔法の次は私に魔法剣の使い方を教えてくれる？」

「うん、いいよ」

「ありがと」

私は、ほっとし茶碗を取る。

「――でも、それは今すぐじゃない」

「………え？」

高揚が、すっと、冷めていく。

ハルの表情は変わらず穏やか。だけど断固とした意志を感じさせる。

「レベッカ、改めて伝えておくよ。君には才能がある。君が思っている以上の才能が」

「だったら！」

「けれど、一気にとはいかない。君はすぐにでも第五階位へは到達すると思う。ただ……その段階に到っても、君に魔法剣を教えるか？　というとそうもいかない」

私はハルをじっと見つめ、聞く。

「……何時なら、教えてくれるわけ？」

「雷魔法の習熟度次第だね。これも前にも言ったろう？　物事には順番がある。今の君に必要なのは雷魔法に時間を集中することだ」

「でもっ！」

がたっ、と音を立てて立ち上がる。

……ハルが言っていることは正しい。

きっと、こいつの言う通りにしていれば、私は強くなれるだろう。

でも……その間に、父の追手が、父本人が私を追って来たら？

冒険者ギルドが私を守ってくれるとは思えない。

エルミアだって……。あくまでも、これは私個人の問題だ。

この人は……ハルは……私を守ってくれる、だろうか？

……そこまではまだ信じきれない。

黒髪の青年が私を見つめた。

そこにあるのは、信じ難いことに——迷い。

「……何よ？　言いたいことがあるなら、言いなさいよ！」

「……僕の教え子は大陸中にいる。君の髪は王国人のそれ。強い雷属性。父親と揉めた過去。そして、政略結婚。十分調べられる」

ぶわっ、とどす黒い感情が沸き上がった。

「あんた……私の過去を勝手に調べたのっ⁉」

立ち上がり、青年を睨みつける。

けれど、ハルは淡々とした表情。私の怒りはまったく届いてもいない。

「端的に言うよ――レベッカ、君の恐れは杞憂だ。君の父上、レナント王国のアルヴァーン伯爵は君を捜してもいない。捜しているのは君の妹さんだけ。追手は君の中にいる幻影だ。おそらく、興味すら抱いていないんだろう。だから、魔法剣を覚える時間はたっぷり」

「………黙れっ！　その姓を人前で口にするなっ！！！！」

『レベッカ、お前は我が一族の為にその身を捧げよ』

私を、自分の地位の為に差しだそうとしたあの男の――父親の姿が脳裏をよぎり、目の前の青年と重なる。

「……どうせ、どうせ、どうせっ！」

駄目。こんな言葉を吐いたらいけない。

ハルはあいつじゃないし、酷い言葉も言われてないじゃない。

止めないと。これは単なる八つ当たりだ。

「あんたも、私の過去を勝手に暴いて、利用しようとしているだけなんでしょ？　あんたの言葉が正しいなんて……どうして、私が信じると思うわけ？」

だけど、言葉は止まらず。感情のままに汚い言葉をハルへと投げつけてしまう。

……違う。違うの。

貴方は私に、こういう時、嘘を言わないって、絶対に言わないって、私はもう知っているの。

でも……でも……でも……私が、この二年間、怯えていたのは何だったの……？

茫然とし、立ち竦んでしまう私に労りの声がかけられる。

「……レベッカ」

青年の目を見ることが出来ず、私は踵を返し、言い放つ。

「…………帰る」

頭の中も心も、ぐちゃぐちゃになり、収拾がつかない。

「レ、レベッカさん！　待ってくださいっ！」

カーラが私を呼んでいる。でも、振り向けない。

店を出ると同時に、全力で走り出す。涙で街並みが曇って、よく見えない。

どうして、どうして、私はこんなにも――……弱くて、臆病なの？

カーラ

「レ、レベッカさん！　待ってくださいっ！」

私の呼びかけに応えず、彼女は店を出て行ってしまいました。

慌てて追いかけましたが、もう、あんな所まで……。

店内からハルさんも出てきました。強い後悔が滲み出ています。

「……失敗した。何回、同じ失敗を繰り返すのか。駄目だな、僕は……人間は本当に難しい……」

「え、えっと、そこまで、落ち込まれなくても、レベッカさんだって、きっと……」

「……君はロイドの娘さんとは思えないね。昔のあいつだったら」

店内から、金属音が聞こえてきました。

お父さんが鍋を乱暴にかき回し、ギロリ、とハルさんを睨みつけています。二人の間に、昔何があったんでしょう？

あと、ハルさんはお父さんの若い頃を知っているみたいですが、どう見ても、精々、二十代前半——私やレベッカさんと、そこまで歳の差があるようには見えません。

頭を掻かれて、落ち込まれる姿も年相応です。

「……もう少し時間をかければ良かった。レベッカを傷つけてしまったよ」

「だ、大丈夫です！　き、きっとレベッカさんも同じだと——」

「店先で辛気臭い顔してんじゃねぇっ！　てめえとぶつかるのなんて、通過儀礼の一つだろうがっ！」

「！　お父さん」

私が最後まで言い終える前に、厨房から大声が聞こえてきました。

も、もうっ！　そんな風に言わなくてもいいのに。

怒鳴られたハルさんは——あ、あれ？　笑ってます。肩を竦め、店内へ。

「言ってくれるじゃないか、弱虫ロイド」

「何十年前の話をしてやがる。時代は進んでるんだ。てめえが、引き籠っている間も着実にな。……レベッカは心配いらねぇだろう。今まで巣立っていった連中も、大なり小なりてめえとぶつかって、立派になったんじゃねぇのか？」

「ふふ……そうだね。ああ、そうだった。いや、それにしても――」

ハルさんが、愉快そうに笑われます。

すると、お父さんは顔を顰め聞きました。

「……何だ？」

「まさか、辺境都市で一番の弱虫で、それでいて、とにかく空気を読まなかったあの少年に諭される日がくるなんてね。まったくもって……人は面白い」

「えっ？」

ハルさんが何気なく口にされた内容で、思わず声が漏れました。

辺境都市で一番の弱虫？

娘の私が言うのもなんですが、元第三階位、というのは凄い肩書です。

此の地を拠点にして、これ以上の階位になった人はいない、と店によく来る冒険者さんに教えてもらいました。

なのに……弱虫？　お父さんが舌打ちしました。

「ちっ……。カーラ、こいつを信じるな」

「ハルさん？」

「本当だよ。君のお父さんはね、現役時代、一番の弱虫で空気を読まなくて――」

「おい！」

お父さんが止めるのも聞かず、ハルさんは片目を瞑り私に教えてくれます。

「それでいて最も勇敢だったんだ。僕は数多の冒険者を見て来たけれど、君のお父さんほど勇敢で、強い信念を持っていた剣士を知らない。弱きを助け、強きを挫く。言葉にすることは簡単だけれど、それをずっと貫き通せる人間は多くはないんだ。特に冒険者の中にはね。ロイドはそういう奴なんだよ」

ハルさんは片目を瞑って私に微笑みながら、かけ値無しの称賛をしてくれました。

私はこの人にレベッカさんが懐いた理由を、今、はっきりと理解します。

ハルさんには、妬みや嫉みの感情がまったくありません。

そして、きちんと他者と相対して誉めることが出来る——接客でたくさんの冒険者さん達や、お客さんに出会ってきましたけど……う～ん、似たような人が思い浮かびません。

私は嬉しくなって、その場で跳びはねます。

「！　お父さん‼」

「……ちっ。ほれ、とっとと食って、帰れ」

カウンターに蒸し菓子が載った小皿を置くと、捨て台詞を残して、頭が引っ込みました。

恥ずかしがっているみたいです。

ハルさんは、苦笑されながら椅子に腰かけられました。

あ、もしかしたら——

「ハルさん」

「ん？　何かな？」

「あの……その……知ってたら、でいいんですけど……」

私のお母さん——と続く予定だった言葉は、突然、飛び込んできた灰色の小鳥によって阻まれてしまいました。

羽ばたく音もせず、迷いなく小鳥は青年の肩へと留まりました。小さな頭を一生懸命にハルさんにこすりつけます。

「おやおや？　何かあったのかい？」

ハルさんが問いかけると、言葉を理解しているかのように頷き、足を見せました。

——手紙？

ハルさんは、足首に結ばれたそれをさっと取ると、二個目の蒸し菓子に手を伸ばし、私に放ってきました。

「わっ」

「お食べ」

「あ、ありがとうございます」

ちょっと気になってたんですよね。お父さん、試作品はあまり試食させてくれないので。

口に含んでみます。んー……もう少し、甘みが必要かも？

手紙を読み終えたハルさんが立ち上がりました。

「ロイド、御馳走様。カーラも励ましてくれてありがとう」

「え、あ、はい！　どういたしまして？」

「……大事か？」

ぬっと、お父さんが顔を出し、短く聞きました。

ハルさんはうなずくと、頰を掻きながら言いました。

「迷都の子がやりすぎているみたいだ。苦労性の副長さんが緊急用の魔鳥で報せてきたよ。元々の原因は僕だからね。いい機会だし、教え子の顔を見てくるよ」

＊

『どうせ、あんたも私を利用しようとしているだけなんでしょっ！！！』

翌朝、宿の固いベッドの上で目が覚めた。
……寝覚めは最悪だ。
最近は何だかんだいって廃教会に泊まったりもしていたせいか、余計にそう感じる。
「はぁ………」
深い溜め息。力なくベッドから下りる、とよろめいた。
昨日はあの後、すぐさま寝てしまった。なのに空腹感がまるでない。
視界に、投げ捨ててあるハルの魔剣が目に入ってきた。
ズキリ、と心臓が痛む。
右手を胸に押し付け、身体を前傾。床に膝をつき、頭を下げる。
……分かってる。分かっているのだ。
あいつと――ハルと父は、全然違う。
あの男は――母が死んだ後の父は、私をモノのように扱い、娘として見なかった。
『何処に嫁がせれば、家格を上げることが出来るのか？』
『生まれてくる子供に有益な魔法が使えるようになる可能性はどれくらいか？』
『どの程度、経済的な利があるか？』

……それだけしか考えていないような、人の形をした、出世欲の権化。

義理の母や半分しか血が繋がっていない兄達も同様だ。

……仲が良かった妹も最後には私の味方にはなってくれなかった。

冒険者になり、辺境都市に流れ着いて……カーラやロイドさん、エルミアやジゼルと少しずつ話している内に、私は『レベッカ・アルヴァーン伯爵令嬢』というモノから、母と一緒だった頃の『レベッカ』に戻れていたんだと、今は思う。

そう思えるようになったのは――……ハルと出会えたからだ。

あの人は、最初から私をきちんと一人の人間として見てくれたし、接してくれた。

見ず知らずの礼儀知らずな女に、美味しい料理とお菓子を作ってくれて、剣と鎧まで貸してくれた。

あいつは、他者をモノのように扱ったり、支配しようとする人じゃない。

……実の娘がいなくなっても、捜しもしないような人じゃないのだ。

むしろ、その真逆。

他者の成長に手を貸し、成長したら喜び、時がきたら、先へ進むよう力強く励まし、巣立った子達のことを何時までも気にかけている――そういう人だ。

魔剣を手に取り抱きしめ、呟く。

「…………謝らなきゃ」

すると、信じ難い程の恐怖が襲い掛かってきた。

あいつに、ハルに嫌われたらどうしよう？

二度と、廃教会へ来るな、と言われたら？

一緒に歩くのを、万が一、拒否されたら？

ガタガタ、と身体の震えが止まらない。

――彼に会う前、私はある意味で独りぼっちだった。

エルミアやジゼル、カーラともっともっと仲良くなりたい、と思っていても、自分では動けず、いじけていた。

きっかけはひょんなこと……いや、お節介で、師匠と同じく優しいあの白髪少女が、私の背中を押してくれたお陰で、私は独りぼっちじゃなくなった。

この数週間、廃教会で過ごした時間は私にとって、人生最良だった、と断言出来る。

だからこそ……彼に嫌われるのは、どんな魔獣と相対することよりも怖い。

私は、既に他人と交わる温もりを知ってしまったのだ。後戻りは出来ない。そんなに強くなれる自信もない。

勇気を振り絞り、剣を抱きしめたまま私は立ち上がった。

行かないと、廃教会へ。

あいつに、ハルに会って、きちんと自分から謝る。

そうしたら――私は初めて一歩を踏み出せると思うから。


廃教会の礼拝堂。その扉に張り付けられていたのは、一通の封書だった。

宛名は走り書きで、『泣き虫かつお化けが苦手な少女剣士さんへ』。

……どうして、知っているのよ。私の苦手なもの。話したことないのに。

そっと触れると、ふわり、と手に納まる。後ろには黒い魔封。特大の嫌な予感。

そっと指でなぞると魔封が解けて消え、中の手紙が勝手に浮かび上がり、文字が空間に投映された。

レベッカへ

急遽、迷都に行くことになりました。少し留守にします。

どうやら困った教え子が階層を進み過ぎたみたいなんだ。止めてくるよ。

部屋は好きに使って構わないからね。戸棚の中の食材も折角だし食べておくれ。

——昨日はごめん。僕の言い方がいけなかった。本当に申し訳ない。

エルミアもそろそろ帰ってくるだろうし、その時にまた話をしてくれたら嬉しい。

迷都のお土産を楽しみにしておいて。それじゃ。

凹んでいる育成者より

手紙を読み終え、その場に立ちすくむ。

雲が途切れ割れたステンドグラスから陽の光が差し込み、私を照らすも、心の中までは照らしてくれない。

独白が零れ落ちる。

「……嫌な奴ね、はんと」
勿論、それはハルやエルミアではなく、私自身へ向けた揶揄。
結局、素直になり切れず、こうして気を遣われてしまう。
人を信じたいのに、信じきれず、最後の最後で臆病になる。
悪いのは私で、だから、先に謝りたかったのに。扉の前でしゃがみ込み、膝を抱える。
気持ちは暗く沈んでいき、堂々巡りを繰り返すばかり。
——その日、ハルもエルミアも帰っては来なかった。

「あ、レベッカさん！　丁度良かったです。宿まで行こうと——ど、どうしたんですかっ、その顔⁉」

ハルがいなくなって数日。私は廃教会で寝泊まりしながら、彼とエルミアの帰りをずっと待っていた。

けれど……二人共、一向に帰って来ない。

これじゃ駄目だ、と自分を奮い立たせ、冒険者ギルドへ数日ぶりに顔を出したところ、建物内は酷く騒然とし、殺気だっていた。

ジゼルが心配そうに駆け寄ってきたので、尋ねる。

「……何かあったの？」

「ありました。でも、今はそれどころじゃ……手、冷たいです……」

両手で右手を拘束され驚かれる。

数日、まともに食べていないから体温が低くなっているのかしらね。

どうでもいいので、言い捨てる。

「……いいわよ、別に」

「駄・目・で・すっ!!! ここ最近、少しは身だしなみに気を付けてくれるようになった、と思ったのに、何ですか、ずっと泣いてました、みたいな顔は！ しかも、痩せられていませんか？ さっきの言葉、そっくりそのままお返しします。……何か、あったんですか？ あったんですね？ ハルさんと」

「………そんなに、酷い顔してる？ 私」

こくりと年上の少女は頷くと、小さな手鏡を差し出してきた。

――嗚呼、確かにこれは酷いわね。

覗き込んだ先に現れた自分の顔に思わず笑ってしまう。

まるで、泣きそうな子供みたい。

すると、ジゼルは水魔法で濡らした白いハンカチで目元を拭ってきた。

「頼りないかもしれませんけど……少しは私のことも頼ってください。私、レベッカさんの担当窓口なんですよ？」

「…………うん。そうね、ありがとう」

「っ！」

少女が私をまじまじと見つめてくる。何よ。

ジゼルは目をパチクリさせると、自分の頬っぺたをつまむ。そして夢じゃないと気付いたのか、大袈裟に後退った。

「そ、そんな……あ、あの、レ、レベッカさん、こ、こんな簡単に、私へお礼を言うなんて……。あ、あり得ません。も、もしかして、生き別れの双子さんですかっ⁉」

「違うわよっ！」

思わず突っ込む。私に妹はいても、双子の妹はいない。

ジゼルと視線が交差する。そして二人して、くすり、と笑みをこぼした。

少しだけ気分が晴れるのを感じる。

――暫く笑い合った後、私はジゼルに質問した。

「で、何の騒ぎなわけ？　みんな、殺気立ってるし、見かけない連中も交じっているみたいだけど。……もしかして、ダイソン達が脱走して、事件でも起こした？？」

「！　あ、そ、そうでしたっ！　たたた大変なんですよっ!!　ダイソンどころじゃありませんっ!!!」

「？　大変？？」

ジゼルが今までの表情を一変させる。これは友達としてのジゼルではない、冒険者ギルド職員の顔だ。

そこにあるのは焦燥と……怯え。

何だかんだ言っても、肝が据わっているこの子が？

「現在、当ギルドには第一級警戒体制が敷かれています。緊急時特別協定により、第十階位以上の冒険者の皆様方にはギルドの指揮下に入っていただきます」

「……第一級って……一定以上の冒険者を強制的に徴用してまで、狩らないといけない魔獣が出たってこと？」

「……はい。最悪の場合、牢の中のダイソン達も使わざるをえなくなるかもしれません」

重々しくジゼルは頷いた。

会館内を見渡すと駆け出しの冒険者の姿はまったく見えず。

険しい顔のコールが隅の椅子に腰かけていた。

自慢の蒼鎧の胴部分には、はっきりと分かる程の深い六本の爪痕。両手には包帯が巻かれ頬にも大きな当て布。血が滲んでいる。

周りにいるのは『蒼炎騎士団』の団員達が四名程だ。

緊急時だというのに人数がまるで足りておらず。無傷な団員は皆無。とても戦場に出られそうには見えない。見知った顔も何人か見えない。

副官役である若い男の槍士と、短剣使いの猫族の女性がコールに詰め寄り「団長、駄目だ！」「そうだよ！　あんなの……幾ら団長でも！」「……だがっ！　俺にはっ、死んでいった仲間に対する責任がある……」コールの感情を押し殺した声が微かに聞こえ、状況を察した。

私は少しだけ目を瞑り死者の冥福を祈る。

『蒼炎騎士団』とパーティを組みはしなかったけれど、共闘したことはあった。

……それにしてもあの鎧にあそこまでの傷をつけるって。私はジゼルへ問う。

「相手は何なの？」

「……特異種です」

「っ！」

息をのむ。確かに緊急事態だ。

特異種——それは、長寿を保ち、魔力を蓄えた魔獣が極稀に変異した存在。

龍や悪魔、といった国家単位での対処が必要になる存在程ではないにせよ、一頭で小さな村落、都市を単独で蹂躙しえるだけの力を持ち、長く生き延びたが故に、知恵までつけた恐るべき怪物。

……辺境都市の冒険者ギルドには、少し荷が重い相手だ。

私はジゼルに提案する。

「数はいるみたいだけど、手練れが少ないわね……。以前みたいに、迷都か西都に応援を頼めないの？」

「それが……」

沈痛な表情を浮かべた年上少女が口を開く前に、背中の透明な翼を羽ばたかせた、魔法士姿の小柄な男性が、号令をかけた。

「皆、緊急だったにも拘らず、よくぞ、参集に応じてくれた。私は当冒険者ギルドの支部長を務めておるジキスムント。まずは当ギルドを代表し、礼を述べる」

普段はお喋りが多い冒険者達が静まりかえった。

私もジゼルと並び、続きの言葉を待つ。ギルド長は深刻そうに状況説明を開始した。

「気付いていた者も多いかとは思うが、ここ最近、辺境都市周辺では異変が起きていた。本来いるべき魔獣の消失。生息していない魔獣の目撃情報と唐突な途絶。ギルドに持ち込まれる魔石の多くは小鬼や豚鬼。しかも、雑兵ばかり。士官級はおろか下級指揮官も皆無。あとは、大毒蜘蛛か、魔王蟻の幼生体。これは異常事態だ。そこで当ギルドは、ここ数日、情報を収集すると共に、『蒼炎騎士団』を含め、複数のクランへ協力を依頼し、調査を行っていた。そして──」

「支部長、ここからは私が」

コールが一歩を踏み出し、会館内を見渡した。

瞳には激情。目は血走っている。

「『蒼炎騎士団』団長を務めているコールだ。支部長の説明にあったように、我がクランはここ数日、辺境都市周辺を調査していた。そして……」

表情が何かに耐えるかのように歪み、団員達が顔を俯かせる。

「昨日、私率いるクラン本隊が都市北方森林地帯において漆黒の巨猿一頭に遭遇、交戦した。結果は……既に皆も知っているだろう？　我がクランは一戦で壊滅状態に陥った。本隊十五名の内、戦死者六名。重傷者八名。本隊で戦闘可能なのは団長である私一人だ」

沈黙が会館内を支配する。

性格はともかく、コールは紛れもない実力者だ。

そして、彼のクランに所属していた団員もまた、第九階位以上の腕利き達だった筈。

人が魔獣や極端な話、龍、悪魔に抗し得るのは、集団戦闘の優位性があるからだ。

まして、『蒼炎騎士団』は歴戦のクラン。

今までの戦歴においても、不覚をとった、という話は聞いた記憶がない。

……そのクラン本隊が、僅か一頭に蹂躙され、壊滅した？

ここに集まっている冒険者は皆、十階位以上。

辺境都市と、その近隣の中小都市にいる強者が揃っている。

それ故に——コールが言った意味を皆、理解出来ていた。


『相手は辺境都市自体の安全を脅かす存在』


コールが更に話を重ねる。

「昨日は北方以外にも、我がクランの分隊が南方を、クラン『疾風旅団』『黄金の林檎』とが、東方及び西方を探索していた。そして……ほぼ全滅した。戦死者、重傷者多数の為、ここには来ていない。つまり——特異種は複数いる、ということだ」

『!!!』

今度は呻き声を通り越し、悲鳴が会館内に響く。

『蒼炎騎士団』『疾風旅団』『黄金の林檎』といえば、辺境都市内で、最も名の知れたクランだ。そこを全滅状態にする特異種が複数……。

隣で青褪めている少女に耳打ちする。

「(……ジゼル、これ、私達だけじゃ手に余るわ。迷都か西都が無理なら、帝都に救援を要請する必要があるんじゃないの？　もしくは、軍の投入を依頼出来ないわけ？)」

「(……仰ることは分かります。ですが迷都は例の百層攻略戦で、精鋭は潜っているみたいです。西都も腐鬼の異常発生に見舞われていて動けない、と)」

「(帝都と軍は？)」

「(帝都のギルド本部には報告してありますが、こちらと向こうとの間で、危機感が共有されていなくて……。辺境伯にもご報告済みですが、今のところ、軍を討伐に投入してくれる気配はありません。都市防衛を優先すると)」

間が悪い。現場を知らない偉い人が判断を誤るのはありがちな話だけど、自分が当事者になるのは勘弁してほしいわ。

コールが獅子吼し、私達を鼓舞する。

「だが……私達はあの化け物に挑まなくてはならない！　仮に都市内に入り込まれれば、悲劇になるのは必定！　昨日の戦闘、私や、ここに立っていない者達とて、やられっぱなしであったわけではない。手傷を負わせ退かせている。忌々しい特異種の傷が癒える前に、討伐しなくては……戦死者に顔向けが出来ないっ！　今ならば奴等を倒せる！　どうか、どうか、私に力を貸してほしい。頼む。この通りだ」

誇り高き騎士が頭を深々と下げた。一歩後方にいる団員達もそれにならう。

――会館内に、同意とも不同意とも言えない、空気が流れる。

コールの訴えは正しい。

が、どう考えても戦力不足だ。勝ったとしても多くの死者が出るだろう。

何より、今の彼は……悲壮美に酔うと共に、自分が築き上げたクランの壊滅、という現実を受け止めきれず、状況を冷静に見ていないように思える。

『冒険者にとって一番大事なのは、彼我の戦力を冷静に見極め、生き残れない戦場には、最初から近付かないこと。そうでなければ、命が幾つあっても足りない』

駆け出し時代、嫌になるほど、ギルドから釘を刺されたことだ。

故に――誰も声を上げようとしない。苛立った騎士が再度叫ぶ。

「何故だ？　どうして、誰も声を上げてくれない⁉　無論、都市防衛を優先し、各都市からの増援を待つべきだ、という意見もあるだろう。しかし――それで本当にいいのか？　ここは我等の都市だ！　かつてない強敵だからといって、手を出さず縮こまっているだけでいい、と？　……我が兄ならば……『紅炎騎士団』を率いし、【双襲】のカールならば、必ずそう言う筈だっ!!!」

コールの必死の呼びかけ。けれど、賛同するものは現れない。

『辺境都市は我等の都市』

確かにそうだ。……けど。

再度、騎士が声を上げる前に、疲れた様子の支部長がそれを制した。

「……蒼炎の団長よ。貴殿の負けだ。誰しも、死の確率が恐ろしく高い戦場に出るのは躊躇しよう。まして、貴殿は冷静さを欠いている」

「支部長！　私はっ！」

「結論を述べる――この事案、我等の手には余る。よって、各都市からの増援及び軍の出動を要請する。これは辺境都市冒険者ギルドの正式決定である」

重々しい口調で支部長は断をくだした。会館内に、ほっ、とした空気が流れる。

対してコールは歯を食い縛り、言い放った。

「つぐっ!!　………分かりました。ならば、私は、私の信念に従って打って出る！」

「団長！」「なら、私達も！」

「駄目だっ！　……お前達はまだ傷が癒えていない。分かっているだろう？　あの化け物相手にそれは死を意味する。なに、任せてくれ。必ず奴を討伐してみせる！」

コールは止める団員達へ強張った笑みを向け、出口へ歩き出した。

一瞬だけ視線が交錯。強すぎる……余りにも強過ぎる焦燥。

……ハルに会う前の私もあんな目をしていたのかしら？

このまま行かせれば、まず間違いなくコールは死ぬだろう。

『我が兄ならば』

魔獣を相手にしているのに、ここにはいない兄を気にしている。

まるで、まるで……父の幻を気にしていた私みたいだ。

幼い頃、母に言われたことを思い出す。

『その剣を振るうは、弱き者の為に』

特異種が都市内に侵入すれば、住民が犠牲になるかもしれない。あの気のいい獣人達だって。

そうしたら――ハルはとてもとても悲しむだろう。

――仕方ない、か。

私も踵を返し歩き出す。どうやら……私の幸運は去ってしまったらしい。

「レ、レベッカさん!? 何処へ行かれるんですか？」

「コールは決死よ。見殺しにするのも寝覚めが悪いでしょ？」

「で、ですが……」

「大丈夫。まともな戦闘はしないわ。防衛に専念するにしろ、偵察は必要よ」

「それは……そうですが……」

少女が口ごもる。明らかに納得していない。周囲の冒険者達も戸惑っているようだ。

「ま、私は行くわ。でも死ぬ気はない。——まだ、しないといけないことがあるから」

ジゼル

レベッカさんが出て行かれた後、ギルド会館内は騒然としていました。

パーティ単位で後を追い、偵察に出ようとされる方もいれば、そこかしこで侃々諤々の討論が巻き起こってもいます。

有り体にいって、大混乱状態です。

指揮を執れる各クランの団長さんは重傷で不在ですし、支部長も疲労困憊な御様子です。

私達は少しでも多くの情報を得ようと次々と窓口にやってくる、冒険者さん達の対応に追われていますレベッカさんが心配なのに、何も出来ません。

せめて……せめて、エルミア先輩がいてくれればっ！

未だ何処にいるのかの報告すらないなんてっ！

「あのぉ」

「はいっ！　何ですかっ！」

「あ、ごめんなさい。お忙しいみたいですね」

場にそぐわない穏やかな口調で私に話しかけてきたのは、知らない美少女でした。

光り輝く長い金髪に蒼い花飾りをつけ、信じられないくらいの美貌。スラリ、とした長身に均整の取れた完璧な身体つき。羨望を通り越して言葉も出てきません。

年齢はレベッカさんよりもやや上。私と同い年くらいでしょうか？

両耳には精緻な細工のイヤリング。身に纏っているのは白と蒼を基調にした軽装です。

そして……右腰に下げている片手剣が尋常じゃありません。

明らかに名剣。下手すると、龍や悪魔、階層の主といった怪物由来の物か、名のある職人による物でしょう。

……この人、いったい？

訝し気な私の視線に対して、ふんわりとした表情を見せ、美少女は口を開きました。

「場所を教えていただきたかったんですが……」

「あ、はい。大丈夫ですよ。冒険者証をお見せ願います」

「はい、どうぞ」

「ありがとうござ――……へっ？」

「？　どうかしましたか？」

ちょこん、と美少女が小首を傾げる。お、恐ろしく可愛らしい。

普段の私なら興奮するところです。だけど、それどころじゃありません。

こ、この人……。でも、協力を得られれば――

「辺境都市に来たのは初めてで……廃教会までの道を教えていただけますか？」

「勿論です。ただ、あの」

――物が壊される音が響きました。

会館内に怒号と悲鳴。見れば、さっきまで口論していた二人の冒険者がお互い剣を抜き放ち、一触即発状態になっています。それぞれのパーティメンバーも同様。

ま、まずいですっ！

美少女がのんびり呟きました。

「大変ですね、何処のギルドも」

「すいません！　いきなりで申し訳ないんですが、どうか御力をお貸し願えませんか!?　第一階位である貴女がいれば、大変、大変っ、心強いんですっ！」

カウンターから身を乗り出し、懇願する。

――そうなのです。

目の前にいる美少女は第一階位。

一部例外を除けば冒険者としての頂点に上り詰めた達人。……まったく、そうは見えないのですが、冒険者証は嘘をつきません。この人がいれば問題は解決出来る筈です！

けれど――美少女は人差し指を顎につけ困り顔になりました。

「んー私、休暇中なんですよね。ようやく、クランの団長の我が儘を聞き終えて……。ゆっくりしたくて、こっちへ来たので」

「そ、そこをなんとかっ！　このままだと、最悪、市民の方達にも危険が及ぶかもしれないんですっ！」

「大丈夫だと思いますよ。この都市にはあの方がいます。『気になる泣き虫な子がいるから、早く帰らないといけないんだ』と言われていました。杖の最終調整で西都を経由されても、そろそろお着きになると思います。エルミアさんも手紙で詳細を報せると、仰っていたようですし」

「あの方？　先輩を知って？？　で、でも、まだ何も来て」

再度、轟音。後――重たい沈黙が会館内を包み込みました。

視線を向けると、衝突していた二人の冒険者が床に突き刺さっていました。周囲の冒険者達は顔を引き攣らせています。

その近くにいたのは――ギルドの制服を改造したメイド服を身に着けている、ハーフエルフの美少女でした。

長く美しい白髪は光をきらきらと反射。後ろ髪の先には、漆黒のリボンが幾つか結ばれています。

圧倒的な美貌と幼さを感じさせる小柄な肢体、全てを見通すかのような深い翡翠色の瞳とが相まって、神話から抜けだしてきたかのようです。

この人こそ――私の先輩にして、辺境都市ギルドの裏最高権力者である、エルミア先輩です。

先輩は、椅子に身を預けている支部長の前へ進んで来られ、尋ねられます。

「飛竜に託した手紙より早く着いた。状況は？」

「……都市防衛への専念を決定したが、一部冒険者が外へ出ている。十階位以上の動員令を発令した。辺境伯は積極的な軍の投入に及び腰だ」

「ん、通常なら悪くない判断。けど、現状では悪手。第三階位以下は餌になるだけ」

「なっ⁉　そ、それほどの化け物、だと？」

「化け物じゃない。奇妙で、ろくでもない生物」

先輩は支部長の言葉を訂正され、情報を聞いて絶句している周囲を睥睨します。

え、えーっと……何だか露骨なまでにこの場の力関係が見えた気が……。

気がつくと、先程の美少女が身体を縮め、窓口のカウンターの陰に隠れています。

……いや、丸見えだと思いますよ？

先輩が命令されます。

「タチアナ、手伝って」

「ひゃん‼　――はぁ……分かりました。お手伝いします。私、休暇なのに。ようやく来られたのに。私は苦労する星の下に生まれたんですね。――あ、でも、頑張ったらハルさんが褒めてくださるかもしれませんね？　うん。少しやる気が出てきました」

名前を呼ばれた美少女は、溜め息を吐くと肩を落としていましたが、勝手に自己回復しました。

会館内がざわつきます。

「タチアナ？」「その名前、何処かで……」「右腰に片手剣。楯役とは思えない軽装――おいおい、まさか」「迷都最強クラン【薔薇の庭園】副長にして、屈指の楯役【不倒】!?」「そんな化け物が、ど、どうしてこんなとこにいるんだよっ！」

……本当に叫びたくなりますよね。第一階位の方なんて、私も初めて見ましたし。

なのに、先輩は周囲の動揺をまったく意に介さず淡々と指示を出します。

「ん。ここの指揮は任す。防衛だけでいい。ここにいる連中は好きに使っていい」

「はい。お任せを。エルミアさんは？」

「決まってる」

先輩が目を細め、唇を、ペロッと、舐めました。

気付いた時――その小さな手には先輩の身長よりも遥かに長い、禍々しさをまるで隠しきれていない魔銃が握られていました。

銃床には星と月が象られています。

「私は外で狩る。鈍っていたし丁度いい。ハルは拗ねてたぼっちを――レベッカを私の計画通り拾ったらしい。あの子に元第一階位の力、見せつける」

＊

辺境都市は古い都市で、周囲に城壁がそびえたっている。

これが、帝都や西都みたいな『大崩壊』以降に再建された大都市ともなると、戦略結界によって守られているので、城壁は存在しない。

コールに追いついたのは大正門の前だった。

蒼の鎧を着た騎士は私の姿を見ると、目を見開き、頭を下げてきた。

「レベッカ……すまない、助力に感謝する」

「勘違いしないで。私の目的は偵察よ。戦闘じゃないわ」

「それでも……本当に感謝する」

再度、騎士は頭を下げてきた。軽く手を振り、疑問を呈する。

「で？　打って出るのは構わないけど……どうやって、獲物に遭遇するつもりなの？」

「策はある」

コールが、腰に下げている革袋から小瓶を取り出した。

中に入っているのは、

「……血？」

「ああ。昨日の戦闘で、あの忌々しい魔獣に傷をつけた際、大量の返り血を浴びた。それを集めておいた。あいつは形状からして巨猿の特異種。巨猿は与えられた傷を決して忘れぬ、と聞く。この血でおびき出す」

「……どうして、さっきの場で言わなかったわけ？」

口調が自然と厳しくなる。

対して、騎士ははっきりと痕が残っている鎧に手を置いた。

「こんなものがなくとも、死地に飛び込める者でなくてはならないだろう？　それに、あの魔獣は私のクランを壊滅させた。その復仇を果たすのは団長である私の責務だ！」

「……あんた、馬鹿なの？」

余りの物言いに心底呆れてしまう。

クラン総がかりで敗北を喫した相手に単独で挑むだなんて！

「コール、あんたは強いと思う。少なくとも私なんかよりずっとね。だけど、幾らあんたでも、階段を――……」

ズキリ、と胸が痛んだ。嗚呼……私は、本当に馬鹿だ。

他人を見て、今更、ハルが言っていたことに気付くなんて。

コールが怪訝そうに尋ねてくる。

「レベッカ？」

「……一気に上ろうとすれば転げ落ちてしまうかもしれないのよ……？」

「それならばそれで本望だ」

「…………馬鹿な騎士様ね」

そして……私も、本当に馬鹿だ。


「ここら辺でいいだろう」

コールは辺境都市西部に位置する森林近くの草原地帯で立ち止まり、革袋から先程の小瓶を取り出した。

周囲は見晴らしがよく、多少、岩はあるものの奇襲を受ける地形ではない。

「で、どうするわけ？」

「こうする！」

小瓶を近場の岩へ放り投げた。当然、血がべっとりとこびりつく。

コールが騎士剣を抜き放ち、切っ先から風魔法を発動。森林方向へ、突風が吹く。

「……なるほど、ね」

「後は待つだけだ。……罠を張ってな！」

コールは岩を中心に、周囲へ魔石らしき物を放り投げた。

「あれは？」

「中級の捕縛と攻撃魔法だ。時間稼ぎにはなる。止めはこの剣で果たす！」

見る限り相当な量だ。激情にかられていても、コールとて有力クランの団長。勝機を少しでも増やそうとしているようだ。

そうこうしていると、突然、凄まじい叫び声が周囲一帯に響き渡った。

「ギャッ！　ギャッ!!　ギャッ!!!」

恐ろしく不快かつ、不吉。何かが急速に近付いて来る気配と、風に乗って漂ってくる濃厚な血の臭い
私は顔を顰めながらも剣の柄に手をかけ、幾つかの魔法を紡ぐ。

コールも臨戦態勢を取り——突如、後方から風切り音。

咄嗟に、剣を抜き放ち飛んで来た片手斧を叩き落とす。舌打ち。

「ちっ！　やるじゃねぇか」

「⁉　ダイソン？？　あんた、何でここに……」

茂みの中から姿を現したのは、牢に入っている筈のダイソンと、その仲間達だった。

手首、足首には引き千切られた鎖がついている。まさか……脱獄したの⁉

コールが私の前へ立ち、一喝する。

「……ダイソン、貴様、どうやって。自分が何をしているのか分かっているのか？　ギルドからの脱獄なぞ、捕まれば今度こそ死刑になるぞっ‼」

「へっへっへっ、俺様は、いざ、って時の為、奥歯に身体強化剤を仕込んでいるんだよぉ。死刑だと？　んなことは分かってる――わけねぇだろうがぁぁ‼　この馬鹿がぁぁ‼

俺様が二度と捕まるかぁぁ！！！！」

「！」

ダイソンが、片手斧をコールに向けて投げつけてきた。

けれど、歴戦の騎士相手にそんな単純な一撃が通用する筈もなく、あっさりと地面へ叩き落とされる。

しかし、その瞬間――片手斧が爆発し、濃い黄色の煙が発生した。

まさか……毒⁉

私は即座に手で口を押さえつつ煙から脱出し、直後、膝から崩れ落ちる。

身体が……痺れて動けない。

歯を食い縛る私に勝ち誇った顔をしたダイソン達が近付いて来る。

コールも……まともに喰らってしまったようだ。

「おいおい、第四階位様と、第八階位様ともあろう御方が、ざまぁねぇなぁ」

「ダ、ダイソン、貴様……貴様……貴様ぁぁぁ……」

「うるせぇよっ！　気安く、俺様の名前を呼ぶんじゃねぇっ！　糞がっ‼」

「がはっ！」

コールが伸ばした手を思いっきり蹴り飛ばし、何度も何度も、足で背中を踏みしめる。

「はぁはぁ……馬鹿にしやがって。何が『力が惜しい』だ。俺様を誰だと思っていやがるっ！　さーて、お楽しみの時間だ。レベッカァァ。今度こそ、無茶苦茶に犯してやるよ」

「…………」

あーあ。私、なんで、こんな目にあっているんだろう？

あの日の内に、ハルに素直に謝って仲直りしていれば、きっと今だって、私の隣にはあいつがいてくれたのに。そうすれば、何も怖くなんてないのに。

自分の馬鹿さ加減に、ほとほと愛想がつきて、思わず涙が零れ落ちる。

「あん？　おぅおう、嬉し涙かぁ？」

「……ダイソン、あんたに一つ言っておくわ」

「？」

「一桁台の冒険者を舐めるなっ!!!」

「!?」

跳ね起き、疾走。切っ先に紡ぎ終えている、雷球を三人へ解き放つ。

「がっ！」「あぐっ！」「！？！」

完全に油断していた野卑な男達にそのまま雷魔法が直撃、悲鳴をあげる。

コールも起き上がり瞬時に間合いを殺し、片手剣の剣身と槍の穂先を魔剣で両断した。

剣身が薄い水色に染まっている。水の魔法剣！

剣士の顔へ剣の柄を、槍士の腹へ思いっきり蹴りを叩きこみ無力化。鮮やかだ。

私はその脇を抜けダイソンに向けて斬撃を放つ。

しかしそれは、片手斧の柄を両断するにとどまり、ダイソン本人までには達しなかった。

仕留めそこなったわね。別にいいけど。

狼狽したダイソンが喚く。

「ど、どうしてだっ！　どうして、痺れ毒が効かねぇっ!?　一度吸えば数時間は指一本、動かすのだって難しい筈だぞっ！」

　私とコールは冷たく応じる。

「……あんた、やっぱり、お零れで私と同じ階位にまで上がったみたいね。普通、一桁台の冒険者なら毒に対する備えはしておくものよ？　それに、身体強化魔法もある」

「僅かな時間があれば、この程度の毒など回復は容易い」

「なななななぁ⁉」

「……無様ね」

　小さく呟く。そして同時に思う。

　――この男と私に、そこまでの違いはなかった、と。

　私には、エルミアやジゼル、ロイドさんにカーラがいた。

　だけど、こいつには誰もいなかった。

　……私だって、こうなっていたかもしれない。目を血走らせ、私に殺意を向けているこの男のように。

　ダイソンが血走った目で私を見る。

「殺してやるっ！　殺してやるぞっ、レベッカァァァ!!!」

「……彼女に汚い言葉を吐くなっ‼」

「！　がはっっ!!」

コールにより騎士剣の腹を使った強烈な一撃が振るわれた。ダイソンは悲鳴をあげて倒れる。

唯一人、無傷な魔法使いの男は顔を引き攣らせ、叫ぶ。

「こ、こんな、こんなの、もうやってられっかよっ！　お、おい、ダイソン！　お、俺は、逃げるぞっ!!　死罪なんて、俺は御免だっ!!」

そう言い捨てると魔法士は森へ向かって脱兎の勢いで逃げ出した。コールが拘束魔法を使おうとし、止める。……森へ逃げた方が危ないのに。

痛々しい程落ち込んでいるコールはダイソン達へ拘束魔法をかけ、私に告げる。

「…………すまない、私がいながら」

「今度から拘束する冒険者の奥歯まで調べるよう、ジゼルには言っておくわ。それよりも、今は」

森の中から複数魔法が炸裂する音が鳴り響いた。

散々使ってきたからすぐに分かる。これは炎魔法の基本形、火球の炸裂音。

森から先程、逃げ出した魔法士の男が飛び出してきた。

「た、助け、助けてくれっ！　ば、化け物、化け物がっ!!」

そう叫んだ瞬間――。男に槍のような物が直撃した。

頭を貫く音と共に、鮮血が飛び散り、男はあっさりと崩れ落ちる。

あれは、何？　まさか、――長い爪？

ざわり、私の肌に寒気。何か――くる。


森から、ぬっと現れてきたのは毛むくじゃらの異形だった。


体長は私の三倍程。

コールが言っていたように、魔獣の一種である巨猿に似ている。

だけど、両腕の筋肉がこれ程発達しないし、毛の色も普通は灰色に近い。こいつは不気味な程に漆黒。しかも、瞳は三眼だ。

ここまで禍々しい魔力を纏っているなんて……。

異形の魔獣はこちらに目もくれず、のそり、のそりと男の死体へと近づいていく。

そして、手で掴み――

「っ……！」

引き千切り咀嚼し始めた。思わず目を背ける。

確かにこいつはダイソンの仲間だけあって、決して良い人間ではなかった。

でも、この死に様は……。

「来たな、化け物めっ。レベッカ！　君は、急ぎギルドへ戻り状況を報告してくれたまえっ！　『蒼炎騎士団』団長コール、参る！」

「コール⁉」

自慢の愛剣を構え、コールが特異種に向かって突進した。当然、水の魔法剣は発動済み。

異形の無防備な背中へ必殺の一撃が突き立てられる。

が――

「くっ！」

赤黒い魔力障壁によって刃は肉体まで届かず、刃先は進むどころか軋み、悲鳴をあげている。急速後退するコール。その表情に余裕は一切ない。

食事を邪魔された特異種が怒りの咆哮をあげた。

『グギャッァァァァァァ！！！！！！』

それだけで衝撃波が発生。出鱈目な魔力！　こんな魔獣が都市に侵入したら……。

「辺境都市には行かせんっ！！！！！」

コールは叫び、剣を地面に突き立てた。

先程仕込んでいた罠が発動。四方から無数の石鎖が出現し、異形の魔獣の両手両足を縛り上げる。

「邪悪な魔獣！　滅せよっ！」

裂帛の気合と共に四方全域に多数の魔法球が浮かび上がると、一斉に解き放たれた。

魔法球は次々と着弾、炸裂する。

土が舞い上がり、周囲の岩が崩れ、爆風に巻き込まれたダイソン達も吹き飛ばされていく。

この魔法の量……尋常じゃないわね。着弾した周辺には盛大に土煙が立ち上る。

剣をかざして、防御しつつ状況を見守る。

コールは油断せずまた剣を構えると、私に一瞬だけ視線を送る。

「各属性中級魔法、計百発の同時攻撃だ。如何な特異種といえど、無傷でいられる筈はない！」

確かに。この威力なら――そう思った瞬間、超高速で鋭い何かが頰の横を掠めて通り過ぎた。咄嗟に身を傾け躱せたのは数日間とはいえ、ハルと一緒にパーティを組んだお陰だと思う。

「っ！　コール‼」

「！　ちぃ！」

流石は歴戦の猛者だ。蒼の騎士は攻撃にしっかりと対応し、弾いてみせた。

弾かれた物体を確認する。これは……やっぱり。

「爪？　でも、巨猿が爪を飛ばしてくるなんて」

「来るぞ！」

土煙を突き破り、漆黒の物体が猛然と回転しながら飛んできた。まるで、砲弾だ。

これは——駄目だ。受けきれない。

瞬時の判断で迎撃を諦め全力で退避する。それでも、躱せるかは五分五分か。

射線上にいるコールが、ちらり、と私を見て、笑みを浮かべた。

「っ、馬鹿っ!!!」

「おおおおおおおお！！！！！」

私の叫びを掻き消すが如く、騎士は雄叫びをあげ、漆黒の物体に剣を振り下ろした。

——乾いた音。

美しい騎士剣は呆気なく半ばから折れ、コール自身も、先程血をぶちまけた岩に叩きつけられた。既に傷ついていた鎧が砕け、破片が飛び散り動きを止める。

漆黒の物体が轟音とともに目の前を通り過ぎる衝撃で、私も大きく撥ね飛ばされ、地面に無様に転がった。

「あ……く……」

身体中に激痛が広がる。

剣を地面に突き立て、よろよろと立ち上がると、背中を向けていた特異種が振り返り、立ち上がるところだった。

左右の前脚の指には鋭い長爪。身体には肉眼ではっきり確認出来る程の魔力障壁。

……………勝てない。

恐怖が私を包み込む。……嫌だ。嫌だ。嫌だっ！

血が出る程に唇を噛み締め、痛む身体を無視して剣を構える。

「私は……私は、こんな所で死ねないのよっ！　だって、あいつに——ハルに、謝らないといけないんだからっ!!」

練習していた雷槍を高速で紡ぐと、剣を振り次々と放つ。

しかし、特異種は気にもとめずに歩み続け、雷槍はまたしても赤黒い魔法障壁で弾かれてしまう。ならっ！

身体強化に魔力の過半を回し、間合いを詰めると——目に向けて雷球を放つ。

眩い閃光。

「ギャン！」

初めて特異種が嫌がる声を発し、両腕を見境なしに振り回した。千載一遇の好機！

それを掻い潜り、跳躍。全力で口に向けて剣を突き出す。

しかし——。

「なっ、う、嘘、でしょ……？」

私の生涯において最高の一突きは、先程までは間違いなくなかった魔獣の巨大な犬歯によって捉えられていた。まずいっ。

噛みつかれ、動きを止められていた剣が急に解放され、落下。そんな私に、魔獣は右前脚で一撃を仕掛けてくる。

——これは……剣を動かすにも、魔法を使うにも速過ぎるわね。

一瞬の出来事だったが、私にはとてもゆっくりと感じられた。

そして奇妙なまでに、私の思考は冷静だった。

『嬢ちゃんは幸運だ』

あのクレイ、という店主の言葉を思い出す。

結局のところ私は……自分でせっかく摑んだ幸運を手放してしまったのだろう。

こうなったのは全部、私の責任。だけど——……もう一度、会いたかったなぁ。

私は目を瞑ると、小さく名前と謝罪の言葉をつぶやいた。

「——ハル……ごめんなさい」

その時だった。すぐ側から、今最も会いたかった人の声が聞こえた。


「謝るのは僕のほうだよ」


最期の激痛は何時まで経ってもやって来ず、私を包むのは温かい体温と、なくなっていく身体の痛み。着地する音。恐る恐る、瞼を開ける。

「ハ、ル？」

「やぁ、レベッカ。大丈夫かい？」

普段と変わらない穏やかな微笑を浮かべ、彼が右腕だけで私を抱えていた。

凄く落ち着いて、離れたく――……はっ！　首を振り、意識するのを止める。

ハルの左手には美しい宝珠がついている例の長杖。青色の宝珠が増え、全七色の宝珠が瞬いている。


――特異種が振り下ろした右前脚の長爪は消失していた。

戸惑ったように、左前脚も振り下ろされるが、またしても消失。

苛立ちを隠せない怪物は鋭い牙を剝きだしにして嚙みつこうとし――今度は、辛うじて見えた。ハルと犬歯との間は、極薄い障壁によって遮られている。

……魔力に差があり過ぎて貫けない……。

特異種が跳躍して後退、唸る。

「なるほどね」

ハルは周囲を見渡すと、先程の魔法使いの死体に目を留め、冷静な声を発した。何時もの人を茶化すような声色ではない。

私が視線を向けると、ハルは淡々と言葉を続ける。

「長爪熊がいない訳だ。エルミアの手紙だと黒灰狼も喰い尽くされたってことだったけど」

「どういう意味？」

「ギャッー！　ギャッー！　ギャッー！」

三度、叫び声が周囲に響き渡る。

……何かを呼んでいる？

特異種は鳴き終えると、視界に私達を捉え、にゃぁ、と気持ち悪い笑みを浮かべた。

凄まじい悪寒。同時にハルが私に見た事もない魔法を多重発動させる。

支援魔法？　だけど、私が知っているそれとはまるで別次元。自分の能力が明らかに数段向上したのを実感する。

ハルが教えてくれる。

「レベッカ、こいつはおそらく『悪食』だ」

「悪食……？」

「極稀に普通の魔獣が変異するのは知っているね？」

「え、ええ。特異種でしょう？　でも、悪食なんて知らないわよ？」

「こいつは特異種の中でも更に特殊。僕も久方ぶりに見たよ。こいつの名前の由来は――」

「待って……わかった、そういう意味ね」

本来、ここら辺にいない筈の魔獣が最近になって目撃され始め、けれど、探してみれば姿は一頭も見えず。

そして、魔法使いを葬った長爪と、あの犬歯。顔の三眼。

これらが意味すること。つまり――

「変異した後、次々と何もかもをも食べ尽くす。獣だろうが、魔獣だろうが、人であろうが。だから悪食という名前なわけね。長爪熊がこっちにやって来たのは――逃げる為。そして、『迷い』になった。三眼猪や他の魔獣がいなかったのも、こいつに喰われたせい」

「そういうこと。そして、手近な獲物を喰い尽くしたこいつが、次に食べたのは」

「……人、という訳ね。離してくれる？」

腕から離れ剣をゆっくりと構える。痛みはない。

コールも――大丈夫。生きてはいるようだ。

黒髪青年に目をやると何時もの笑みを浮かべ、私に軽く頷いてみせる。覚悟はきまった。

「ここでこいつを討たないと被害が拡大しかねない――やるわよ!!」

「勿論。僕等の獲物を奪ったことを後悔させてやろう」

——今まで、私は何度か特異種に相対した。

勿論、大規模討滅対象となった存在に対してだけど。

それらの時は少なくとも十数名、多かった時は三十名近い冒険者達による討伐戦だった。

しかも、普段は使わない治癒薬や、増強剤を惜しげもなく使用した上で。

そこまで準備を整えても、完勝は一度もなく、薄氷の勝利ばかり。

特異種とは多くの冒険者が命を賭さなければ討伐出来ない『化け物』なのだ。

本来なら、ここは一旦退いて、情報の持ち帰りを最優先すべきだ。以前の私なら、間違いなくそうした。だけど——振り向かず、言い放つ。

「私が前衛。ハルが後衛でいいわよね？」

「逆でもいいよ？　ただし、魔法を僕に当てたら後でお説教だ」

「言ってくれるじゃない——後衛、任せるわ」

「了解したよ、お姫様」

今の私はハルと一緒だ。後ろを気にせず戦える。

……確かに怖い。

でも大丈夫。立ち向かえる！　悪食を見据え、剣を構える。

経験則から言うと、特異種となった魔獣を通常種と同じように考えるのは自殺行為だ。

まして、あの発達した両腕は掠っただけでも大打撃だろう。
ならば、と私が使える魔法で現状最も速射が出来る炎弾を展開、発動する。
間合いを殺すための牽制だったが、悪食は躱そうとすらしない。
けど——今の私は能力が底上げされている。外す気がしない！　片腕は貰うわ！
全力で剣を横に薙ぐと、コールの一撃を弾いた魔力障壁と拮抗する。
しかし、無事に突破し、腕に刃が届いた。
けれど——。
「⁉」
私の斬撃は金属音と共に弾かれた。鋼鉄よりも硬い肌って何なわけ⁉
噂に聞く龍や悪魔と同じじゃないっ！
「後ろに跳んで」
ハルの声。聞こえた瞬間、後方へ飛んだのは無意識だった。
刹那、悪食の片腕が空間を薙ぎ払い、身体全体に鈍い痛みが走る。
かすってもいないのにこの打撃！
補助魔法で強化されていなかったら、直撃は免れなかったわね。
私が躱すのを見た悪食が、にやぁ、と気持ち悪く笑う。

そして両腕を前方の地面につけ四足姿勢。一体何を？

「レベッカ！」

今度はハルの切迫した声。同時に突風が私を真横へ吹き飛ばす。咄嗟に受け身を取る。

——轟音と共に私がいた場所を、悪食はまるで砲弾のように通過していった。

遅れて凄まじい衝撃波が周囲に発生。射線上の草が根こそぎにされ、途中にあった樹木を、切断。着弾した箇所の地面は捲れ上がり、凄まじい土埃。こういう、技ってわけねっ！

即座に突風が吹き、視界を回復。これもハルの魔法？

悪食が素早くこちらへ向き直り、再び四足姿勢。両手両足に、さっきまではなかった長く鋭利な爪。一部はハルの障壁で消失した筈なのに！　体勢を整えるのも信じ難い程に速い。狼の俊敏性っ。

まだ、こちらの体勢は整って——

「少し時間が欲しいかな」

ハルの声と共に、数本の鋼の鎖が土中から出現した。

障壁を貫通し、爪を叩き折り、悪食を縛り上げる。

痛みを訴える苦鳴。次々と、鋼鎖を強引に引き千切ってゆく。

身体の痛みが消える。さっきの補助魔法には自動回復魔法まで含まれていたらしい。

「至れり尽くせり、ね。だけど」

　ここまでしてもらって、なお……今の私じゃこいつには届かない。

　それがはっきりと分かってしまう。だったら――振り返り、ハルへ相対する。

「教えて。私はどうすれば良いの？　何をすればこいつに勝てる？」

「思ったよりも強い魔獣だね。さっきの支援魔法だけじゃ足りない。粘れば勝てなくはないけど、かなりの無理が必要だ。出来ればそれは避けたいな」

「無理がどうしたっていうの？　今のままじゃ勝てない。なら、その術を私に頂戴！　いいでしょ？　――私の育成者さん？」

「……仕方ない子だね。でも、どうしようかな」

　ハルは右手で自分の顎に触れ、少しだけ考え込んだ。

　そして、私に呟く。

「今回限りだよ？　後でエルミアに怒られてしまうから」

　そういうと、ハルは剣を持っている私の右手をそっと握り締めた。

　――利き腕と剣が繋がる感覚。まるで、身体の一部になったような――

これは……まさか……嘘でしょ？

軽く雷魔法を発動すると、魔力が剣へと伝わる感覚。

間違いない。これは――これは《魔法剣》。

私は、ハルを睨む。

「……今は何も聞かないわ。だけど、こいつを倒したら絶対に色々と教えてもらうから」

「いいよ。けど、それだけじゃまだ届かない。――僕のとっておきも出そう」

そう言うとハルは長杖を大きく真横に振った。

恐ろしく緻密に組み上げられた幾つもの魔法陣が、私の立っている地面に浮かび上がり、瞬く間に組み合わさっていく。私の知識ではどの属性かすら、判別不能だ。

やがて――集束し私に宿る。変わった感覚はなし。一体どんな魔法を私へかけたの？

「レベッカ、今の君が魔法剣を維持し戦闘出来るのは極めて短時間。長期戦は不可能だ」

こくり、と頷く。自分でも分かっている。これは無理無茶の類だ。

「初撃に全てを賭けるわ」

「なら良いさ。その前に君達、逃げるならとっとと逃げなよ」

ハルが一転冷たい声を発した。

――ダイソン達が目を開ける。

「……気付いてやがったか」

「ああ、もしかして、勇敢にも残って肉の盾になってくれるのかな？」

「……ちっ！　覚えてろ……まぁ、どうせ手前らはここで死にそうだがなっ‼」

捨て台詞を残してダイソン達は、私達に目もくれず逃げだしていった。

……ああいう風だから、爪弾きされるようになったのに、どうして気付かないんだろう。

まぁ残られても、ハルが言う通り肉の盾にしか……そうだ、コールは。

一瞥すると、岩に身体を預け荒く息を吐いている。死んではいない。

「ギャッ！　ギャッ‼」

悪食が全ての鎖を引き千切った。

再度拘束しようと無数の鎖が出現するも、その全てが障壁によって阻まれる。

悪食の魔力が強まってる？　この短時間で⁉

そして、私達に対して今までと異なる憎悪の視線を向けてきた。

身体から新たな腕が左右三本ずつ出現し、折れた筈の長爪を再生していく。蜘蛛の腕を模した⁉

こいつ……本当にただの特異種なの？

前傾姿勢。来る！

「レベッカ、その魔法にきっとキミは戸惑うと思う。だけど——信じて」

「……うん」

身体に染みついた動作で剣を構える。違うのは剣身を雷魔法が覆っている点。

発現させてみてはっきりと分かった。

ハルの言う通り、私にはまだ魔法剣を扱うだけの力がない。おそらく、保っていられるのは一撃が限界。

だからこそ——全ての魔力をこの剣に注ぎ込む。

剣が紫電を纏い、早く解き放て、と雄叫びを上げる。

後は意識をただただ、刹那の一撃に向かって研ぎ澄ます。

「ギャッ！　ギャッ‼　ギャッ‼‼」

悪食が、私に向かって恐ろしい速度で突進。

さっきまでは分からなかったけど、こいつ、両腕に魔力を集中させて、一気に地面を叩きつけて爆発的な加速力を得ていたんだ。

次の瞬間はっきりと――刹那の先が視えた。

私は躊躇わずに大きく右へ飛んだ。私がいた場所を悪食が思いっきり通り過ぎる。

まともに接していれば喰らったであろう凄まじいほどの衝撃は、殆どと言って良いほど感じなかった。多分、ハルの魔法障壁が発動したのだと思う。ほんと過保護よね。

こんな非常時だというのに笑ってしまう。だけど……とても嬉しい。

悪食が体勢を立て直す前に、私は突進する。

それを受けて、悪食はにゃぁと笑うと、右側の四腕を掲げ、重なり合った腕を盾化させた。防御力はさっきよりも遥かに増しているだろう。

けど……さっきまでの私と同じだと思わないでっ。

「これでっ!!!」

――またも刹那の先が視えた。

このままじゃ……私は殺される。

咄嗟に、四本一纏めとなり振り下ろされた左腕に剣を振り上げる。

「ギャアアアア！！！！！！！！！！！！」


悪食の左腕は私の斬撃によって斬り飛ばされ宙を舞っていた。

やった！　さっきは弾かれたあいつの腕を貰ってやった!!

だけど……がくりと膝が落ちる。

もう魔力は空っぽ。補助魔法も時間切れ。一気に身体が悲鳴をあげる。動くのも困難だ。

……もう視えないけど……この後は分かる。

悪食が憤怒の表情で私を見る。そして、残った右腕を振り上げ——

「うん、良い機だね」

ハルの変わらない声が聞こえた。

瞬間、眼で捉えきれない光閃が私の眼前を通り過ぎ、悪食の右腕全てをいとも簡単に粉砕した。

「っ!?」

遅れて凄まじい衝撃波が私を襲うも、ハルの両腕に抱きかかえられその場を離脱。

悪食へどうにか目を向けるともう左右の腕を再生していた。早過ぎる。

そして──光閃が放たれた方へ突撃態勢を取り、地面を八本の腕で叩き、大跳躍。

今までよりも遥かに速い！

しかも、口を大きく開き糸までも放った。

こ、こんなのを迎撃出来る技なんて──と、私の眼前を、再び、光閃が通り過ぎる。

一本の光閃が二本に。二本が四本に。四本が八本に。

どんどん分かれていき無数の光閃となり、まず糸の悉くが消滅。次いで悪食に襲いかかる。

私はこの技を──本で読んだことがある。

ハルの胸元を摑みながら、技の名前を呟く。

「《千射》」

悪食に無数の光閃が着弾。

再生すら許さずズタボロにしていき──やがて、肉塊と化し地面に倒れた。

ハルは私を抱えたまま眼鏡の奥の片目を瞑り、称賛する。

「及第点は取れているよ」

「……嘘。物凄く鈍った。猛特訓が必要。今度、付き合って」

そう言って、音もなくハルの後ろに現れたのは白髪似非メイド──エルミアだった。

自分の身長よりも遥かに長い魔銃を肩に置いて、不満気に嘆息している。

……この子、強いのは知ってたけど、こんなに強かったわけ!?

今の技も……それに、その魔銃も昔、何かの絵本で見たことがあるような……。

も、もしかして、エルミアって『千射夜話』の………。

青年の腕の中で硬直し考えている私を、エルミアは輝く白髪を靡かせながら、じーっと、見つめ、頬を膨らませ、口を開いた。

「……ハル」

「ん？　何だい？」

「私がいない時に、私以外の女の子をお姫様抱っこするのは有罪」

「おや？　裁判すらも受けさせてもらえないのかな？」

ハルは近付いてきた少女を茶化す。凄く近しいのがそれだけで分かる。

……もやっとするわね。

「当然。罪状は疑いようがない。ぼっち。そこは私の為の場所。交代。これだから、油断ならない。あっという間に懐いて自分から抱きしめにいってる。極めて破廉恥。教え子審議会へ報告する」

エルミアは傲岸不遜な態度で状況を論評。だけど態度とは裏腹に、表情はニヤニヤ。

あ……え、えっと……私は、ハルの腕の中で、わたわたと手を動かしながら言う。

「ち、違うのよ？　こ、これは……緊急避難……。そう、緊急避難的なものであって……」

「と、被告は述べており」

「被告って誰よっ！」

「ん。ぼっちを気取ってたけど、凄く寂しがり屋の泣き虫で、あっさりハルにほだされた、私の新しい妹弟子」

「⁉　〜〜っっ‼　ううう……」

私は両手で顔を覆う。図星なので、何も反論出来ないっ。

とても優しい少女の声と、頭を優しく撫でる温かい手。

「でも――ここまでよく頑張った。いい子、いい子。――で、合ってる、ハル？」

「ふふ、そうだね――エルミア、防衛状況は？　この強さだ。上位冒険者じゃないと打って出るのは少し危ない」

ハルの声色が変わった。そこにあるのは、強い懸念だ。

似非メイドの表情も変化し、真剣さを帯びる。

「問題ない。外のは粗方私が狩った。洩れて都市へ向かってもあそこには――そうだ、ハル、一つ聞く」

「？」

エルミアが距離を更に一歩詰め背伸び。左手を伸ばし、黒髪青年の頰っぺたを突っつく。

もしかして、少し拗ねてる？

「……タチアナが来てた。私、聞いてない」

「早いね。流石は仕事が出来る副長さんだ。ああ、なるほど。彼女に任せてきたのかな？」

「ん。……あの子も弟子にするの？」

「彼女はもうほぼ完成しているよ。僕が育てる必要はないね。声をかけたのは、誰かさんと似て、少し頑張り過ぎてたからね。息抜きにだよ」

ハルが私へ微笑みかける。

……タチアナ？　私と似てる？？

小首を傾げていると、エルミアが頰を少し膨らませ、次いで私に指を突き付けた。

「むぅ。審議保留。ぼっち、そろそろ降りて、私と交代」

「なっ⁉　い、言われなくてもお、降りる、痛っ！」

怒鳴り返しつつ動こうとすると、身体全体に激痛が走った。しかし、即座に柔らかい光に包まれ、次第に痛みが緩和していく。ハルの治癒魔法だろう。

「大丈夫かい？　補助魔法の重ね掛けと強制魔法剣、それに――《時詠》の大盤振る舞いだ。数日は少し痛むと思うよ」

「……そう」

顔を伏せる。当然だ。

実力を大きく超える力を無理矢理使って、単独で特異種に一矢を報いたのだから——するとその言葉を聞いたエルミアが大きな瞳を更に見開き、口元を手で押さえた。

「——……あれを使ったの？」

静か。それでいて、激情がはっきりと分かる声で、白髪少女がハルに問いかける。

「うん」

エルミアの首がまるで錆びているかのよう回り、私を見る。

そこにあるのは、明確な嫉妬。しかも、過去最大級の。

「ズルい。滅多にかけてもらえない魔法。贔屓。明日からは私も一緒に貴女を虐……訓練する」

「じ、冗談じゃないわ。数日、痛むって、ハルが言ったばかりじゃないっ!?」

「関係ない。気力は全てを凌駕する。頑張れ」

「し、しないわよっ！　あんたは、旧帝国の軍人なわけっ!?」

「むふん！　鬼教官とは私のこと！」

「こ、この似非メイドっ……！」

私達のやり取りを聞き、くすり、と青年が笑う。

「ふふ、エルミアは僕より、ずっと教えるのが上手なんだよ？　ちょっと、厳しいかもだけどね。楽しみにしておいておくれ。さて、その前に――」

ハルは私を地面にそっと降ろすと、即座に信じ難い程の防御障壁を張り巡らす。

いったい、何を？


――森から、巨大な物体が二つ轟音と共に降って来た。


あ、あれは……

「嘘……で、しょ……？」

先程、倒したそれよりも一回りは大きく、禍々しい魔力を発している――悪食。

しかも、それが、二頭。既に身体を変異させ両腕は計八本。背中全体を長く鋭い刃が覆い、紅く巨大な三眼と、口に犬歯。

私達を無視し、まっすぐ肉塊と化した死体へ。

近付き立ち止まり、鼻を悲し気に鳴らす。

ゆっくりと此方をみた。明確な殺意。

まさか、さっき倒したのは——子供だったの⁉

……私はもう戦えない。

エルミアが強いのは分かったけど、手持ちの魔銃から考えて後衛。ハルは言わずもがな。

そして前衛がいない後衛程、脆い存在はいない。

私の焦燥を他所に、ハルが前へ進む。

咄嗟に肩を摑もうと手を伸ばし——エルミアが私の肩を摑んだ。

文句を言おうと、振り向く。

そこにいた少女の表情は、とても戦場にいるものではなかった。頰を薄っすら上気させ、愛しさと誇らしさが全開。祈るかのように魔銃を抱きしめつつ、私へ宣告した。

「見とくといい」

「……何をよ？」

「貴女の師となる者の凄さ。その片鱗を」

「……っっ!!!」

爆発的に魔力を膨れ上がらせると、二頭の悪食は突進の構えを取る。

対して青年は長杖の石突でそっと地面を突くのみ。

未だ、魔法を構築している様子は見受けられない。

〝ギャッギャッ！　ギャッギャッ!!　ギャッギャッ!!!〟

悪食達が大絶叫。周囲一帯が震え、思わず自分の耳を両手で塞ぐも痺れる。

直後、二頭の悪食は、先程の個体と同様にハル目がけて突進しようと腕をあげるも――

その場で停止した。

二頭の特異種が……上位冒険者でさえ、苦戦するその怪物は、見えない何かに縫い付けられたようにその場で固まり、動かない。

魔法？　いや、違う。

――二頭の悪食は、ただただ怯えていた。

巨体をはっきりと震わせ、どうにかして後退しようとしているが、それすらもままならないようだ。

ハルが悲しそうに告げる。

「君達に恨みはないのだけれど……その力は今のこの世界に必要ないものなんだ。すまないね。消えておくれ」

黒髪の青年は美しい長杖を天に掲げた。

七つの宝珠が光を放つ中、ハルはその魔法の名前を呟いた。


「――『黒雷』――」


瞬間――天から漆黒の雷が走り、二頭の悪食が呑み込まれるのが辛うじて見えた。

遅れてやってきたのは未だかつて聞いたことがない、まるで、世界自体が叫ぶかのような凄まじい雷鳴。

巻き起こる土煙によって視界が喪われる中、私は咄嗟に名前を呼んだ。

「ハル！」

「うん、この杖は良い子だね。調整も良好だ」

私の必死な声とは裏腹に、のほほんとした声が隣から聞こえる。

頭に温かい手が置かれる――何時の間に？

「心配してくれてありがとう。でも、大丈夫だよ。僕はそれなりに強いからね」

エルミアが唇を尖らせて、即座に反応する。

「嫌みにしか聞こえない」

「エルミア達を相手にしたら、勿論、負けるさ」

「ハルは嘘つき。レベッカも信用しないほうがいい」

少女の態度は言葉と真逆だ。嬉しそうに身体を揺らしている。二人の間には、絶対的な信頼が見て取れた。

それを見た私の中に沸き上がってきたのは——心からの悔しさ。

この二人と私とでは絶望的な差がある。

さっきの戦闘だって、終わらせる気になれば一瞬だったのだろう。

それを敢えて私に戦わせた。死なせない確信を持った上で。

だけど、だけど……だけどっ！

後ろを向き、ハルに尋ねる。

「ねぇ……私も、強くなれるかな？」

「レベッカは自分を過小評価し過ぎだね。いきなり、こんな無茶をした子は余り記憶にないよ。末恐ろしい」

「ん。悪くはない」

「……なら……これからもお願いね……私、頑張って……」

そこまで言ったところで、私の身体が大きく揺れ、倒れそうになる。

崩れ落ちる直前で抱きとめられた。……あったかいなぁ、ほんと。

――そして、私はハルの腕の中で意識を喪った。

*

目が覚めると私は、ふかふかのベッドで寝ていた。

あれ？　私、どうしたんだっけ？　たしか、あいつと一緒で、それで……。

「！」

ベッドから跳ね起きる。

そうだ、私は怪物――特異種である悪食と戦ったんだった。

だけど最後の最後で力が尽きて、それで……。

って、ちょっと待って⁉　私、いつもの服じゃないじゃない⁉

ま、まさか、この白い服を着せたのって――

「残念。着せたのは私」

「きゃっ⁉」

「ここまで運んだのはハル」

「いきなり入ってこないでよ！　心臓に悪いわ」

大きな音を立てて扉を開け部屋に入ってきたのは、エルミアだった。どうやらここは廃教会の一室らしい。

エルミアも夜だからか白い寝間着を着ている。美しい白髪と相まって、悔しいから本人には絶対に言わないが……とても似合っている。

エルミアは私にそっと近寄ると、ベッドの縁に座って覗き込んできた。

「元気そう」

「……お陰様でね」

「――聞いておきたい。私が仕組んでおいてアレだけど、貴女はどうしたい？　まだ引き返せる。貴女なら多少遠回りしても上にはいける。ハルと関わるのは、本当に、本当に、本当に大変」

珍しく真面目な表情。私を案じてくれているらしい。

……いや、この少女はずっと私を心配してくれていた。ハルと同じで優し過ぎる。

でも、私の答えはもう決まっているのだ。

「あいつは私が第一階位以上になれるって言った。それを証明してもらうわ」

「そう――なら、私も容赦なくしごく」

白髪少女は綺麗で温かい笑みを浮かべ、直後、両拳を握りしめ、気合を入れた。

い、いけない。こ、この子、本気だわ。

「わ、私はハルに習うから」

「遠慮しなくていい。恋敵になりそうな若手は早めに潰すのが鉄則。私は容赦しない」

「こ、恋――に、にゃにを、いって」

「おや、目が覚めたかい？」

「ひゃ⁉」

ハルが部屋へ入って来た。あれだけの戦闘をした後とは思えない普段通りの表情だ。手には小箱を持っている。

「……ここまで運んでくれたんですってね。ありがと」

「気にしないでいいよ。でもレベッカはもう少し食べた方がいいね。軽過ぎて、腕が全然痛くなら――」

近くにあった枕を顔面へ向けて全力で投擲！　他の人に見られてないでしょうね？

エルミアに視線を向けると目を逸らされる。う、嘘でしょ？

「……残念だけど……誰にも見られてない」

「っっ！　あ、あんたねぇぇ……」

「痛いなぁ。でも元気そうで何よりだよ。あの後を聞きたいかい？」

ハルにジト目を向けつつ、頷く。

――結局、悪食は合計で十頭もいたらしい。

私達が遭遇した三頭。内、二頭は番いで、他の八頭は子供だったようだ。

エルミアが倒した数、なんと六頭。紛れもない変態――「お姫様抱っこの件。教え子裁判を開廷してもいい」……こほん。流石、私の姉弟子だわ。

残り一頭は辺境都市への侵入を試み、偶々、遊びに訪れていた第一階位の冒険者に切り捨てられたそうだ。

昼間の戦闘での死者は合計で三人。

全員、ダイソンのパーティメンバー。初めに殺された魔法使いと逃げた二人。二人は逃げている途中、都市を襲撃した一頭に襲われたようで、食い散らかされた無残な死体が街道沿いに遺されていたそうだ。

ただし当のダイソンは行方不明。

生きていても、もう辺境都市にはいないだろう。逃げ足だけは速いわね……。

コールは重傷を負ったものの、生存。

エルミアに聞いた話によると、落ち込んではいたものの、悪食を倒した話をしたところ、闘志を燃やし再起を期すと燃えていたということだった。

それにしても——特異種が複数出現するなんて。

椅子に腰かけ、林檎の皮を剥いているハルにその疑問を話すと、同意された。

「確かに変だね。だけど、もっとおかしかったのは……」

「あの悪食達が明らかに若すぎること。力だけ。ハル、あーん」

エルミアが青年に林檎をねだる。

ち、ちょっとっ！　羨ま——ち、違うんだからねっ。べ、別に私はそんなこと……。

林檎を食べさせてもらっている白髪少女を、ちらちらと見つつ、疑問を返す。

「どういう意味？」

「特異種は年老いた魔獣が変異する。だから力を持ちつつも慎重で狡賢い。昨日の悪食は、近くに、自分達にとって戦いやすく、いざという時に逃げられる森林があったにも拘らず、わざわざ視界が開けていて逃げ難い平野に出てきた。それは、あの番いも同じだね」

エルミアがハルに同意する。

「凄く変。私が狩った個体も力押しをしてくるだけだった」

「……原因は？」

特異種は人類にとって大きな脅威だ。だけど、その出現数は限られていた。

もし……今後、全ての魔獣が若い内から特異種になるとしたら……。

ハルが右手で小箱を弄りながら、左手で私の頭を軽く叩く。な、何よ？

「この話はおしまい。レベッカは自分の成長に集中しよう。難しいことは僕が考えるさ」

「わ、分かってる……わよ……」

口ごもりながら後ろの大きな枕を抱え、顔を埋める。

エルミアが不敵な笑み。

「なお、さっきも言ったように、私もレベッカの教練に参加する。鈍ったから丁度いい。

第一、二人きりは危険。襲われる可能性大。子猫はすぐに育つ」

「な、な……!?」

「それは怖いね。お手柔らかにしてあげておくれ」

「ふふん。鬼教官とは私のこと」

何故か自慢気なエルミアと苦笑するハル。

もう！　怒ったふりをするけど——私もすぐに笑ってしまう。

何なんだろう、この温かさは。

「さ、もう寝ようか。明日の朝食は期待していいよ。僕は自分で言うのもなんだけど、中々の料理上手なんだ」

「……知ってる。少しは私たちに配慮して女子力を下げてほしい」

「酷いなぁ」

ハルが楽しそうに笑い、エルミアがその後に続いた。

私はブランケットに半ば埋まりながら、眼鏡をかけた青年の名前を呼ぶ。

「――ハル」

「ん？　何だい？」

足を止めハルが振り返った。視線を合わせ、謝罪と感謝を告げる。

「……改めてごめんなさい。カーラの店で怒鳴って。助けに来てくれて嬉しかった……」

「レベッカが謝ることじゃない。僕の配慮が足らなかったんだ。だけど、覚えておくれ。君には僕やエルミアや、たくさんの姉弟子と兄弟子達がいる。もう……過去の幻影に怯えなくてもいいんだ。大丈夫だよ」

「…………うん」

私は恥ずかしさと嬉しさでいっぱいになってブランケットで頭を隠す。

二人が扉まで歩いて行く。挨拶する。

「……おやすみなさい」

「「おやすみ」」

小さい頃、眠れない夜にお母さんが枕元で寝かしつけてくれた時のような、とても久しぶりな、懐かしくて優しい感覚。

こんな風に挨拶したのって妹としたとき以来かも——強い眠気が襲ってきた。

二人が静かに話している。

「……エルミア、これを見てほしい。これが番いの悪食に埋め込まれていた」

「?! ハル」

「……歴史は繰り返すみたいだね。本物じゃないよ。だけど《魔神の欠片》の偽物だ。こんなものを作れる人物を、僕は一人しか知らない——」

それ以降は声が聞こえることはなく、私は心地よい眠気に誘われ、意識を手放した。

？？？

「……遅かったか」

私は小さな箱状の魔道具を使って、微かに残った魔力を複数感知すると、纏った漆黒の外套を翻して立ち上がった。

貴重な実験体が逃げ出し、わざわざこんな僻地まで捜しに来たというのに、既に全て討伐されてしまったらしい。

早過ぎる。辺境都市の冒険者がこれ程とは……少々侮っていたようだ。

更に探知を続けるが、この魔力量から考えると、もう死体も回収されてしまった後か。

「意地汚い冒険者共がっ!!」

悪態をつきながら私は、そこで奇妙な現象に気付く。

把握出来た魔力は合計で八体。残りの二頭の反応がない。この森林地帯を抜けるまでは、八頭分の残留魔力があるにも拘らず、だ。まるで掻き消えてしまったかのように……。

「どういう事だ？」

魔道具を動かしてみるが結果は同じ。原因不明……実験体は諦める他ない。

子の実験体はともかくとして、よりにもよって未だ量産出来ない、貴重な欠片の模造品を埋め込んだ二頭が見つからないのは……。長兄にどう説明すればいいものか。

いや、考えてみれば異名持ちの冒険者が多数いる帝都へ暴走しなかったのは不幸中の幸いだった。下手をすれば、模造品を回収される可能性もあったのだから。

魔力を探知出来ない、ということは、万が一を考え仕込んでおいた、自爆機能が働いたのだろう。状況から現段階で研究が露見する事はない筈だが、念には念を入れなければなるまい。当分は身を潜める必要がある。

そう自分に言い聞かせ、帰路に就こうとした時——魔道具がほんの僅かに反応を示した。

明らかに通常の魔獣とは異なる。私が欲している実験体でもなさそうだ。

だが、好奇心に駆られた私がその場所まで出向くと——

「ほぉ」

木の洞の中に瀕死の男が倒れていた。鎧が切り裂かれ、深い傷口を覗かせている。

辛うじて息こそしているが、もうじき死ぬだろう。

傷口から推察するに、実験体が予備の餌とする為に森林地帯の奥地まで運んだようだ。

——この男、中々面白い。

「先天スキル《剛力》持ちか。暇潰しには丁度いい」

手を翳し、黒い影の中に瀕死の男を呑み込む。

そして、思わぬ拾い物にはやる心を抑えながら、私も黒い影に潜った。

＊

「それじゃ――もう行くわね、ハル」

「うん。元気で、レベッカ」

特異種とやりあって早三ヶ月。別れの日の空は、雲一つない快晴だった。

辺境都市の大正門前で私は足を止め、眼鏡をかけた青年に別れを告げる。

……正直、この顔を見るだけで撤回しそうになってしまう。

寂しい。やだ。離れたくない。

なのに……当のハルは何時もと変わらず穏やかな笑みを浮かべている。

少しは寂しがりなさいよ！

当分――……下手すれば数年間は会えなくなるんだから。

ハルの隣に立っている姉弟子が腕組みをしながら、私を急かす。

「三ヶ月で教えるべきことは教えた。後は努力。とっとと行け」

「……絶対、あんたを超えてやり返してやるわ。さっさと、特階位になって、戻って来て、あんたを廃教会から追い出してやるんだからっ！」

「ふふん。言うだけなら誰でも出来る。飼い猫レベッカなんて私の敵じゃない」

散々、私を虐――鍛えたエルミアが私をからかう。

……余りの厳しさに何度となく投げ出しそうになったのは内緒だ。

だけどハルはとても優しかったし、二人から多くを学び、私は確実に強くなった。

担当窓口の少女が丸めた紙を渡してくる。

「レベッカさん、これを帝都の冒険者ギルド本部へ渡して下さい。推薦状です。第五階位以上の冒険者さんには必要なので」

「ジゼルにも世話になったわ。……先に帝都で待ってる」

「レベッカさぁぁあん！」

ジゼルが涙を零し私に抱き着いてくる。この子とも随分仲良くなれた。

カーラが布に包まれた四角い箱を差し出してくる。

「レベッカさん、これ、お父さんと私から」

「これは……」

「定食屋カーラ特製お弁当です。途中で食べて下さい」

「ありがと。大事に食べるわね。ロイドさんにもよろしく伝えておいて」

「はい！」

あんなに迷惑をかけたのに嬉しい。

ロイドさんはハルに会いたくなかったらしくて来ていないけど……気にかけてくれたんだ。帰って来たら、また食堂に行きたいな。

コールはいない。

あの蒼の騎士はクランを再建し、いち早く迷都へ旅立った。『待っている！』と言われたけど、目的地が違うのよね。私は小さな鞄を手に持つ。

さぁ……行こう、帝都へ。

強くなる為に。第一階位になる為に。その先へと進む為に。

あの事件の後知り合い、友人になった、私とほぼ同年代なのに第一階位へ達していたタチアナや、エルミアは勿論……ハルに一日でも早く追いつく為に。

辺境都市ギルドの依頼数では、私が望む速度でそれを成し遂げるのは不可能だ。

だから……嫌だけど、本当に嫌だけど、今はここを離れよう。

――次、此処に帰って来る時、私は特階位だ。それまで辺境都市には戻らない。

そうハルに告げたら、彼は『その時が来たらリボンを贈るよ』と言ってくれた。

最後に黒髪の青年を真っ直ぐ見る。眼鏡の奥には、普段と変わらない穏やかさ。

でも……帰って来るまで、絶対に忘れられないようにしなきゃ、ね。

ハルが左手に持っている、七つの宝珠が輝く長杖を指差す。

「うん、決めたわ」

「？　何をだい？」

「その杖の名前よ。私が決めていいんでしょう？」

「ああ、そうだったね。ずっと待ってたんだ。どんな名前をつけてくれるのかな？」

私は悪戯っ子の笑みを浮かべる。この人の傍に私は戻ってくる。絶対に。

母が小さい頃、読んでくれた絵本を思い出す。

『魔法使いの杖の名付け親になる時、貴女がその人物を想っているのならこうしなさい』

私はハルの瞳を真っすぐ見つめ、こう告げた。

「その杖の名前は――」

エピローグ

「レベッカ・アルヴァーン。雷龍討伐の功により【屠龍士】の称号と、【雷姫】の異名を冒険者ギルドとして認定する。これより君は冒険者の最高位――特階位だ。おめでとう」

「ありがとう」

私は帝都のギルド長から、特階位の精緻な花の意匠が施された銀飾りを受け取る。

『アルヴァーン』と人前で言われても、私の心はもう全く動じない。

だから？　といった感じだ。気にする人がそんなにいるわけじゃなし。

案の定、授与式を見物していた冒険者達やギルド職員達はまるで気にせず、歓声を上げ、拍手と指笛、祝賀用魔法の音が建物内に響き渡る。

あっという間にお祭り騒ぎとなった。

――雷龍討伐を報告して早三週間。

冒険者ギルドはその事実を確認した後、幹部全員を大陸各地から参集させ、つい昨日まで延々と会議を続けたらしい。

私がよく組むクラン【盟約の桜花】の腹黒副長の話だと、随分と揉めたそうだ。

『十七歳は余りにも若すぎる』

『龍一頭の討伐で認定するのは、如何なものか』

『帝都を拠点にする冒険者へ特階位を与えれば、各国の均衡が崩れる』

『先日も【不倒】のタチアナへ特階位を認定したばかりだ。王国や同盟で名を成した者も同時に認定した方が、波風を立てずに済むのではないか？』

当初はとにかく否定的な意見ばかり。

今回は先送り、という結論に落ち着きかけた時、ある二通の書簡が届き、流れを大きく変えた。

――すなわち、当代【天騎士】【天魔士】の推薦状。

結果、大陸最強前衛、後衛の意見をギルド幹部達は無視出来ず、最終的に全会一致で私の特階位を承認した、というわけだ。

……ハルが教え子である二人に動くよう、こっそり手を回してくれた、とは思わない。

そういうところは厳しい。

きっと、あの兄弟子と姉弟子が話を聞きつけた上で判断してくれたのだろう。少し認められたようで、嬉しい。

ハルと出会う前の私なら、泣いて喜んだと思う。

何せ特階位だ。大陸全体でも、僅か十数名しか認定されていない冒険者の頂点。

二年前まで、辺境都市で燻ぶって、拗ねていた私が！

……だけど、今の私は全然満足出来ない。

【雷姫】という御大層な異名から分かるように、私はこの二年で雷魔法を磨き続け、魔法剣もそれなりに使えるようになった。

でもでも、普段なら一週間とかからず返ってくる手紙が、今回はまだ届いていない……。

耐魔法属性が高い雷龍に対しても十分通じたし、ハルの名を汚してはいない……筈だ。

それだけで、この三週間余り私は気もそぞろに過ごしてきた。

もしかしたら、浮かれた手紙とこれ見よがしに雷龍の牙を送ったのを、あいつは怒っているんじゃ？

そういう精神状態なのに今日の祝宴は周囲を見渡しても、顔見知りがほとんどいない。

もう、終わりにして宿へ帰りたいんだけど……。

思わず溜め息が零れる。

「さ、レベッカ君。君は今宵の主賓だ。そこに座っていてくれ」

げんなりしている私にギルド長が席に座るように促してきた。

再びこっそりと溜め息を吐くと、ギルド奥に設けられた豪華なソファへ向かう。

そんな私を囲むようにわらわらと人が寄ってくる。

「おめでとう！　クラン入りを考えているなら是非、うちへ！」「雷龍の素材の件なのですが」「真に目出度いことで。これはつまらない物ですが」

次々と知らない人達が押し寄せ、目の前のテーブルの上は祝いの品々でいっぱいになっていく。

手を伸ばし、タチアナから贈られたカードを読む。『おめでとうございます。でも、私の方が早かったですね？』……あの子、相変わらずいい性格しているわね。

お金には困っていない。この二年間で自分が食べていく分は稼いだ。

しかも、腹黒副長曰く『龍の素材は戦略資源。例えば肺や翼、骨は飛空艇の主要建造素材です。売れば一族郎党、三世代くらいまでは暮らせる額が手に入りますよ♪』。

ただ、龍の素材は国外流失を防ぐ為に、国家へ納める分以外は全て国内競売に回り、売り終わるまで、権利者は帝都に留まっていなければいけないらしい。

……私には行かないといけない場所があるのに！

出来れば代理を立てて全部任せてしまいたい。

大商人か財閥……うん、決めた。全部、腹黒副長へ押し付けよっと。あそこならお金は幾らあっても――。

「ごめんなさい！　そこ、通して下さいっ！　ギルドから渡す物があるんです！」

叫びながらジゼルが、容赦なく人混みをかき分け、私の目の前にやって来た。

随分と急いでやってきたらしく、息を切らしている。手には袋と小箱が一つずつ。袋の中身は剣のようだ。

「レベッカさん！」

「落ち着きなさいよ」

私はテーブルの上に置かれていた葡萄の果実水の硝子瓶を開けると、ワイングラスへ注いでジゼルへと差し出す。ラベルを見る限り超高級品ね。

少女は、受け取ると一気にそれを飲み干した。

「ぷっはぁっ！　レベッカさん、これ、凄く美味しいですね」

無邪気な感想。周囲で様子を窺っている冒険者や商人、軍人、官僚、政治家達は露骨に邪魔そうな顔をした。

私はそんな人々を一瞥しつつ、ジゼルへ尋ねる。

「で？　どうしたの？」

「あ、そうでしたっ！　これを！　今朝、届いた贈り物です！　——お待ちかねの方からですよ♪」

少女は、ニヤニヤしながら袋と小箱を差し出してきた。

——ドクン。

心臓が大きく高鳴った。立ち上がり、震える手で袋と小箱、そして手紙を受け取る。

袋の中身は——やっぱり片手剣。

薄紫色の鞘には見事な装飾が施されている。鞘にゆっくり、ゆっくりと静かに指を滑らす。微かに残る、温かく優しい魔力を感じる。

歓喜が背筋を貫く。間違いない。間違えるわけがない。

だって、私はこの二年間、あの人にもう一度会う為に、それだけを目標にして、毎日毎日、頑張ってきたのだから。

封筒……破りたくないな……。

躊躇していると、「どうぞ！」ジゼルがペーパーナイフを差し出して来た。受け取る。

封筒をゆっくりと開封。

——甘い花の香り。

あの時、初めてあいつと会った時に嗅いだ内庭の花の香りだ。

ドキドキしながら手紙を開き、文字を指でなぞりつつ、視線を走らせる。

――嗚呼……私、生きてきて良かった。ほんとに、ほんとに、良かったぁ。

ジゼルが笑顔で聞いてくる。

「レベッカさん？　剣だけですか？？」

「ん～？　少し、待って♪」

手紙を折りたたみ、封筒へと仕舞う。保管用の文箱、新調しなきゃ。

最後に小箱の方を開ける。中には――淡く美しい紫色のリボンが入っていた。

もうっ！　もうもうっ！　あいつってばっ！

……約束、憶えていてくれてたんだ。

あの杖に、私の名前にかけて『レーベ』と名付けたのも、少しは効果があったのかしら？

まぁ、あいつはこれっぽっちも、意識してないんだろうけどっ。

そんなことを考えつつ、長く伸ばした髪をリボンで結いあげる。

祝宴そっちのけで贈り物を広げる私に、周囲の大人たちは唖然としている。

私は同じく驚きの表情を隠せないジゼルに尋ねる。

「どう？　似合うかしら？」

「！　は、はいっ！　とってもお似合いです。ふふふ。ハルさんは相変わらず悪い人ですね～。レベッカさんにこんな顔をさせるんですから★」

「……ありがと」

顔が赤くなっているのを自覚しつつも、ジゼルへ御礼を言っておく。

周囲も私を見てざわついている。反応を見る限り、悪くはないんだろう。

早くあいつに見せて、いっぱい誉めてもらわなきゃ。

その時は——そうね。あの、メイド擬きは何としても排除しないとっ！

あ、でも、いてもいいかもしれないわね。どうせ、あの忌々しい姉弟子は、身体的に変化なしだろうし。

対して私は——軽鎧に隠れている自分の胸元を見やる。

この二年で、それなりに、ね？

ふふ……うふふ……復讐するは我にあり！

さて、と。鞘から片手剣を引き抜く。

「……綺麗」

声が漏れる。

その剣は正しく吸い込まれるような漆黒だった。

目を凝らすと、剣身には肉眼で捉えるのが困難な程の微細な装飾が施されている。

手紙を読む限り、様々な能力向上効果を、これでもかっ！　と刻んだらしい。相変わらず、過保護なんだから。

ジゼルが息を呑んだ。

「レベッカさん……そ、それって……」

「雷龍の牙を加工したんですって。不思議ね。ここまで黒くなかったけど」

「う、嘘……龍の素材で作られる武器や防具は加工が恐ろしく難しくて、名のある職人でも時間を要するって……三週間で、い、いえ、往復を考えれば精々二週間足らずでこんな剣を仕上げるなんて――幾らハルさんでも、そんな無茶苦茶なっ⁉」

少女の悲鳴じみた叫びに、建物内が、しーん、と静まり返った。

私はジト目を向ける。

「……ジゼル、声が大きい」

「はっ！」

慌てた様子で、口を両手で押さえるも――時、既に遅し。

特階位授与の式典時よりも遥かに大きな歓声が沸き起こり、そこかしこで、興奮まじりのやり取りが始まる。

……これ、中々終わらないわね。

青褪める少女へ、気にしないで、と片目を瞑る。

——見知った冒険者達がやってくるのが見えた。皆一様にニヤニヤしている。【盟約の桜花】の幹部達だ。はぁ……また、からかわれるわね。

あわあわしている少女の後方から、白髪のギルド長がやって来た。

「レベッカ君、ハル殿はなんと？」

私は剣を鞘に優しく収め、答えた。

「色々、とね。だけど、私、文句無しに合格だって。これで、ようやく帰れるわ」

「ほぉ。冒険者の最高峰、帝都から『帰る』と。あえて尋ねよう。何処へかね？」

ギルド長の問いに私は小首を傾げ、笑う。

そんなの、あの別れた日から、私が帰る場所はこの世界で一ヶ所しかない。

万感の想いを込め、私は宣言する。

「決まってるじゃない——辺境都市へ！」

あとがき

こんにちは、こんばんは。七野りくと申します。

本作品は、ＷＥＢ小説サイト『カクヨム』上で開催された、第３回カクヨムＷＥＢ小説コンテスト異世界ファンタジー部門に特別賞及び読者賞を頂いた作品をベースに、九割弱程、加筆した物です。もう二年前ですね。おそらく、カクヨムコン３出作品では掉尾かと。

私、富士見ファンタジア文庫様からは、『公女殿下の家庭教師』（以下、『公女』）という作品も出させていただいているのですが、元々『公女』と『辺境』はほぼ同時期に書き始めた経緯があります。

前者は、教える側。後者は教えられる側。書きたいことをそれぞれ、えいやっ、で入れたところ、どちらも受賞させていただきました。

ですが、何分、ド素人な身。２シリーズを走らせるのは難しいだろうから、まずは『公女』を立ち上げて、という至極真っ当な判断をしていただき、今回の発売となりました。

『公女』は有難いことに６巻まで出すことが出来、コミカライズ化されました。

『辺境』も楽しく書いていきたいと思いますので、よろしくお願いいたします。

——ここからは宣伝です。宣伝は大事、うん。

何もなければ、秋口に『辺境』２巻出ます。

内容としては、レベッカの討伐した『龍』の素材を巡る大財閥のゴタゴタ。蠢き始めた黒外套。ハルの教え子達、その実力。レベッカは果たしてハルに再会出来るのか。なお、彼の隣にはあの副長さんの姿が……。

次いで予定通りならば、今冬に『公女』７巻が出ると思います。

け、健康第一で頑張ります（震える声で）。


最後にお世話になった方々へ謝辞を。

担当編集様、御面倒おかけしました。次巻以降もよろしくお願いいたします。

福きつね先生、昨年出る筈がここまで延び延びになり、大変、大変申し訳ありませんでした。素晴らしいイラストをありがとうございました。

WEB版読者の皆様、長らくお待たせいたしました！　こちらも書籍になりましたよ！

ここまで読んで下さった全ての読者様にめいっぱいの感謝を。

またお会い出来る日を楽しみにしています。

七野りく

お便りはこちらまで
〒一〇二―八一七七
ファンタジア文庫編集部気付
七野りく（様）宛
福きつね（様）宛

辺境都市(へんきようとし)の育成者(いくせいしや)

始(はじ)まりの雷姫(らいき)

令和２年７月20日　初版発行
令和２年10月15日　再版発行

著者——七野(ななの)りく

発行者——三坂泰二

発　行——株式会社KADOKAWA
〒102-8177
東京都千代田区富士見2-13-3
0570-002-301（ナビダイヤル）

印刷所——株式会社暁印刷

製本所——株式会社ビルディング・ブックセンター

ISBN978-4-04-073543-6 C0193

ティナ
四大公爵家の
ひとつ、ハワード家に
生まれた公女殿下。
なぜか誰でも扱える
程度の魔法すら使う
ことができない。
変える
はじめましょう
アレン
公爵令嬢ティナの
家庭教師を務める
ことになった青年。魔法
の知識・制御にかけては
他の追随を許さない
圧倒的な実力の
持ち主。
発売中!

この少年、神々の子につき

羽田遼亮
ill fame

神々に育てられしもの、最強となる

A boy raised by gods will be the strongest.

神々の住む山――テーブル・マウンテン。

その麓に捨てられた赤ん坊は、神々に拾われ、
ウィルと名付けられるが……。

「この子には剣の才能がある、無双の剣士にしよう」

「いいえ、この子は優しい子、最高の治癒師にしましょう」

「いや、この子は天才じゃ、究極の魔術師にしよう」

剣の神、治癒の神、魔術の神による英才教育を受け、
神々をも驚愕させる超スキルを修得していくウィル。

そんなある日、テーブル・マウンテンに、
ひとりの巫女がやって来て……。

すべてが規格外な少年・ウィルの世界を変える旅が始まる！

すべてが規格外
ウィル
神々の暮らす山の麓に捨てられ、
剣の神、治癒の神、魔術の神に
育てられた少年
ファンタジア文庫
シリーズ好評発売中!